Mayumura
& Aoyama
◆
「かわいい部下は渡しません」

# かわいい部下は渡しません

火崎 勇

キャラ文庫

この作品はフィクションです。
実在の人物・団体・事件などにはいっさい関係ありません。

目次

口絵・本文イラスト／兼守美行

仕事が好きだ、と言うと大抵の友人は苦笑いした。

「眉村は真面目だな」

「出世したいんだな」

そんな言葉が待っていた。

だがそれは正しくはない。

俺は真面目ではなかったし、出世にもあまり興味はなかった。したくない訳ではないが。

俺は大学生だった時、バスケ部に所属し、Bリーグを目指してもいいかなとさえ考えるほどの実力だった。

だが肘を故障して、日常生活に支障はないが激しい運動はできない身体になってしまった。

それが二年の時だ。

そこから、普通の大学生として勉強をし、遊び、夏休みを利用して一カ月一人旅に出るなんてこともして青春を謳歌していた。

だから真面目ではない。

普通、だ。

普通過ぎて、就職活動が始まった時、自分がどんな会社に勤めたいのかも決められなかった。

人気はＩＴ？　食いっぱぐれがないと言われる不動産関係？　給料なら外資？

旅行は好きだが、今旅行業界は厳しいし、交通関係も同じだ。

友人達と検討しながらも、これだという会社が決められなくて悩んでいた時に見つけたのが今の会社、スカイ・ビバレッジだった。

ビバレッジと言うのは、水以外の飲み物という意味らしいが、実際スカイ・ビバレッジは飲料の製造メーカーだった。

コーヒーやジュース、アルコール飲料も扱っているかなり大きな会社だ。

どうしてここに目を留めたかと言うと、バスケットをやっていた時に飲んでいたスポーツドリンクがこの会社のものだったからだ。

スポーツドリンクの代名詞となる大手メーカーのスポーツドリンクより、俺はスカイのスポーツドリンクの方が好きだった。

絶対にこっちの方が美味（うま）いと思って、友人達にも勧めた。

部活でまとめ買いもしたので、ノベルティなども持っていた。

入社試験の時、面接でそのことを口にしたのがよかったのか、俺は無事スカイ・ビバレッジに入社することができた。

配属先は企画営業。

簡単に言うと、売るための企画を考えて商品を売る部署だ。

これが楽しかった。

自分が『いい』と思っているものを売り、それが営業成績となって表れる。

まるでゲームをしているような感覚だった。

出世をしたくて仕事をしているのではなく、自分の成果を確認するのが楽しくて仕事をしている。

その結果として、出世が早くなっただけだった。

立場が上になるとものが言い易(やす)くなるのはいいが、上がり過ぎると周囲から敵意を向けられる。

そこを上手(うま)く補ってくれるのが、同期の長岡(ながおか)だった。

長岡は同じ営業だが販促営業の人間で、こちらは商品を卸す顧客との折衝を担当する。

長岡はよく言えば社交的、悪く言えば軽くて軟派な男で、上昇志向があった。出世したい人という訳だ。

なので、俺の仕事の手柄を上手く回してやると、不満の空気を払いのける役を引き受けてくれた。

もちつもたれつと言うわけだ。

齢が同じということもあって、性格は違うがよき友人でもある。

時々、社内のカフェで情報交換もする。

カフェ、と言っても自社商品の自動販売機が置かれたフリースペースだが、点在するテーブルや窓側のカウンターでは同じように打ち合わせや雑談に耽っている者がいて結構活用されている。

「やっぱりノベルティは反応いいってさ」

彼は納品している顧客の声を吸い上げ、俺のところに持ってきてくれる。

それをアイデアとして上に提案するために、彼とはよくこうした時間をとっていた。

「当たり入りでオマケを付ける、が定番だろ？」

「簡単に言うな、長岡。やり過ぎると、お国から射幸性が強いとお叱りを受けるからな。以前他社で問題になってただろう」

「あれは中身が見られないから欲しいものが出るまで買いまくる奴が出たからだろ？　今流行のマンガとかアニメとかだったら中身が見えてても買うんじゃないか？」

「種類を増やしてコンプリートを目指させる、か。にしても、対象作品を間違えると大赤字になるぞ。それに版権料金や製造コストもあるし」

「予算、か」

「まあ一番手っ取り早いのは、二次元コードを付けてネットでアクセスさせて抽選で豪華商品、ってとこだな。だがどれもこれももう既にやってることだからなぁ」

「とはいえ、何か打開策を打たないと。春に出す新作の反応、よくないぞ」

「わかってる。まさか抹茶ラテが新作で四社かぶるとは思ってなかった」

しかもそのうちの一社は大手の茶屋とのコラボ商品だったし、発売発表はウチが一番遅かったので、粗悪なパクリとまで言われてしまったのだ。

「商品開発部も、もうちょっと独自性の高いものを考えて欲しいよな」

「あちらさんはあちらさんで、色々大変なんだろ」

会話が一段落したところで、テーブルの上に置かれていた長岡のスマホが鳴った。

「どうぞ」

仕事かもしれないから、出ていいぞと示したが、彼は画面をチラッと見て「大丈夫」と流した。

「仕事じゃないのか」

「週末ナンパした女の子。でもナシだな」

「どうして？」

「平日の昼間の会社員にメールしてくる女は面倒臭いと決まってる」

「自分が教えたんだろ?」

「教えはしたさ。でもマナーのない女は相手にしない。遊びなら特に、な」

俺は軽くため息をついた。

「遊んでばかりいると、痛い目見るぞ」

「遊びだからルールがあるんだ。痛い目を見ないようにな」

納得はできるが、同意はできない考えだな。

「本命はいないのか?」

「今はね。本命がいたら遊びはしないさ。眉村は?」

「何?」

「長身、男前、真面目で仕事も出来る。なのに浮いた噂(うわさ)一つないなんて、寂しい人生だと思わないか?」

「寂しい人生じゃない」

勝手に決めないで欲しい。

「ってことは誰かいるのか?」

俄然(がぜん)興味が出た、という顔で長岡が身を乗り出す。

男前か。不細工ではない自負はあるが、長岡のようにいつも笑顔ではいられないので、気を抜くと厳しい目つきになってしまうらしい。浮いた噂がないのはそのせいではないかと思っている。

だが、その厳しい目つきも、締まった顎も、鋭くて素敵と言う者はいる。

「どうかな」

「何だよ、教えろよ」

「何故お前に教えなければならない」

「そりゃ、バッティングしないためさ。お前の意中の相手に俺が迫ったら困るだろう？　無骨な眉村より、俺の方が女性に好まれる」

社交的でルックスもよく、ファッションセンスもある遊び人の長岡なら、そのセリフにも頷（うなず）くしかない。

だが俺は首を振った。

「バッティングしたら正々堂々と戦うさ」

「いいのか？」

「それで奪られるなら、俺の努力不足ということだ。だが戦うなら本気を出すぞ」

「……怖いな」

「本気っていうのはそういうことだろう」

にやりと笑うと、彼は降参というように両手を挙げた。

「わかった。お前とは戦わないよう努力する」

「そいつはよかった。お前には負けそうだからな」

「持ち上げやがって。まあいいさ。恋人ができたら紹介しろよ。俺達の平和のために」

「はい、はい。じゃ、俺はそろそろ行くよ」

「俺はもう少し残っとくわ」

互いにひらひらと手を振ってそのまま別れる。

自分の部署に戻りながら、俺は心の中で思った。

長岡、お前が可愛い女の子が好きでいる限り、俺達は戦うことはないだろう、と。

誰にも言わないけれど、俺には既に恋人がいた。

しかもでき立てほやほやで、今は一番楽しい時期だ。

長岡は恋バナをするのに適した人間だった。信頼の置ける人間でもある。なのに彼に自分の恋愛について教えてやらない理由が二つある。

一つは恋人がこの会社の社員だから。

社内恋愛禁止の明確な規則はないが、暗黙のルールはある。恋愛が知られたり結婚したらそれぞれ別の支社に飛ばされるとか。

ある意味仕方のないことだろう。社内で公私混同されては困るし、後々別れた時に社内の空気も悪くなるだろうから。

やっと始まったばかりの恋人と別の支社なんてとんでもない。

俺の役職から考えて飛ばされるのはあちらになってしまうだろうし。

そしてもう一つの理由。

俺の恋人が男だということだ。

世間はＬＧＢＴだの何だのと言われながらも、その意識が浸透しているのは若い世代だけのこと。

会社の上層部に陣取る年寄り達は頭が硬く差別意識も高い。男だから、女だから、まだ若いから、という能力とは関係のないところで人選をする。

自分はまだいい。

そういうことを言われても反論もできるし、冷たい目に晒されても仕事はできる。

だが俺の恋人には耐えられないだろう。

というか俺が、彼がそんな目に遭うことに耐えられない。

「あ、眉村部長。お戻りですか」

俺が企画営業のオフィスに入ると、すぐに補佐の青山が飛んできた。

「また長岡部長とお茶して来たんでしょう」

柔らかそうな明るい茶色の髪に黒目の大きな瞳。どこかマメ柴を思い出させるこの青年、青山翼が俺の恋人だ。

「ミーティングと言え、人聞きが悪い」

「すみません。でもそろそろ呼びに行こうと思ってたんです」

「何かあったのか？」

「商品開発部の会議に出席して欲しいと連絡が」

「何時？」

「明日の午後二時からです。オブザーバーでいいからと」

「わかった。出席すると伝えろ」

「はい」

青山は入社二年目、俺より六つ下の新人だ。

だが前から社内社外飛び回る俺に代わって事務をしっかりできる補佐が欲しいと人事に申し出ていたところ、彼を推薦された。

青山は学生の時にインターンシップで我が社にやってきた時に俺が面倒を見た子だった。真

面目で一生懸命なところが気に入って当時は可愛がったが、入社した時は総務に配属されていた。

その総務での働きが丁寧で真面目だったので、俺の補佐として推挙された。

俺も彼を覚えていたので、喜んで迎えたのだ。

もちろん、その時には下心などカケラもなかった。

率直に言うと、可愛いマメ柴が来たな、という感じだった。

なのに今は恋人として、愛(いと)しくて堪(たま)らない。

「部長、後で愛川(あいかわ)さんが資料を届けてくださるそうです」

「資料？　部外秘じゃないのか。なら明日はディスカッションのみだな」

「冬の商品についてだそうです。第二会議室で営業統轄本部長も出席なさるそうです。流通営業など各部の部長全員出席だと」

「何だ、また長岡の顔を見るのか」

俺はオフィスの一番奥にある自分のデスクに座って青山の差し出す書類を受け取った。

最近は紙の書類も大分減ったが、ゼロというわけにはいかないようだ。

「これは？」

「マーケティングの方から回ってきた書類です。地方の小売販売店の動向だそうです」

地方の小売か、それなら紙でも仕方がないな。

「青山、ちょっと相談に乗ってもらいたいことがあるんだが」

「俺ですか？　俺なんかで役に立つかどうか……」

「今流行のマンガとかアニメとかゲームについて聞きたいんだ。俺より若い青山の方がそういうのに詳しいだろう？」

青山はにこっと笑った。

「そういうことなら、お役に立てるかも」

「それじゃ、今日晩飯を一緒にどうだ？」

「あ、すみません。今日は予定が……」

喜ぶと思った誘いが、あっさりと断られる。

「予定？　何だ？」

「ちょっとヤボ用で……」

申し訳なさそうに青山が俯く（うつむ）と、近くにいた川谷（かわたに）が口を挟んだ。

「部長、ヤボですよ。独身男のヤボ用っていえば決まってるでしょう」

「ち……、違いますよ！　そういうのじゃありません」

慌てて否定はしたが、理由は説明しなかった。

「まあいい。それじゃ明日の昼飯はどうだ？」

「はい、喜んで」

夕飯は断られたが、ランチには満面の笑みでＯＫか。

本当に何か用事があるのだろう。

「青山、アルコールを抜いたドリンクの半年分の販売データを揃えて地域別に分類してファイルにしといてくれ」

「はい」

「それが終わったら、アルコールの方も頼む」

「はい」

自分のデスクに戻ってすぐにパソコンへ向かう青山を見ながら、俺は僅かな違和感が気にかかっていた。

今までならどんな時だって俺が優先だったのに。

俺に向けられる青山の真っすぐな視線は以前と同じだ。勤務態度も変わらない。

なのに少しだけ引っ掛かってしまうのは、最近青山の付き合いが悪いということだ。

今のように、昼ならばすぐにＯＫするのに夜の誘いは断られることが多い。

極め付けは、彼のスケジュール手帳を偶然覗いた時、そこに『風太』なる名前が書かれていたのを見てしまったことだった。

見かけた時には、一時期有名になったレッサーパンダのことかなと思ったのだが、こうして誘いが断られるようになってからは別の考えが浮かんだ。

風太とは、人間の男の名前ではないだろうか、と。

もしかして、今夜もその風太なる人物に会うために俺の誘いを断ったのではないだろうか。

そう考えるともやもやした。

そんなことはないだろう。

この恋は、青山から始まった。第一、万が一別の男を好きになったのだとしたら、彼の性格からしてそれをはっきりと俺に伝えるはずだ。

伝えられないなら伝えられないで、何かもっと後ろめたさを見せるはずだ。

彼にだってプライベートで人に言えない事情だってあるだろう。

こんな些細(ささい)なことを気に掛けるなんて、俺も随分と青山に入れ込んだものだ。

「部長、愛川さんからメール入ってます。多分さっき言ってた資料だと思います」

「おう、わかった」

社内メールで届いたファイルを開きながら、俺は自分の中にあるもやもやを打ち消した。

勤務時間内だ。今は仕事のことだけを考えよう、と。

だが、一旦は打ち消したもやもやは、日を追うごとに大きくなった。

社内での態度は変わらないし、昼飯には付き合うのだが、青山は毎日定時で帰ることにこだわるようになったのだ。

「習い事でも始めたのか？」

と訊いてもみたが、返事はノーだった。

それじゃどうして夜はダメなんだ？

もしかして体調が悪くて早く帰りたいとか？

毎日体調が悪いなら、顔色だって悪くなるだろうし何か言ってくるだろう。

習い事でもなく、体調不良でもないのに毎日定時上がりをする理由は？　俺の頭では考えつかない。

直接『どうしてそんなに早く帰るんだ』『俺の誘いより優先するのは何なんだ』と訊けばいいのだろうが、余裕がないみたいで恥ずかしい。

たかが定時で帰るというだけのことで色々疑うなんて。

気にはなるが束縛はしたくない。

けれど青山の定時帰りが三週間続いた時、終に俺の中でもやもやは疑念の形をとった。

浮気？　乗り換え？

どっちにしろ他の男の影があるのではないか？

一度はっきりとした形を取ってしまうと、疑念をそのままにしておくのは性格上できなかったので、ある日定時で帰ろうとしている青山に「一緒に出よう」と声を掛けた。

「あ、はい」

俺と一緒に帰ることには抵抗がないのか。

俺と一緒にいるところを他人に見られても平気ということだな。いや、見られても会社の上司ですと言えばいいだけか。

俺は彼と一緒に会社を出ると、さりげなく次の言葉を向けてみた。

「今晩の予定は？」

「え？」

パッと一瞬顔が赤くなる。

……これで他に男がいるとは思えないな。

「特に予定はないですが……、家に帰らないと」

「お前の家か、一度遊びに行きたいと思ってたんだが、今夜はダメか？」

「俺の家なんて、部長のマンションみたいに立派じゃないですよ」

「恋人の家なら六畳一間だって遊びに行きたいさ」

　恋人、という言葉に反応してまた青山が頬を染める。

　こういう、今時珍しいほど純粋なところが好きなんだよな。

「あの……、散らかっててもいいんでしたら……」

　俯いて答えた言葉に、俺は幾らか安堵した。

　そうか。遊びに行くのはＯＫなのか。では少なくとも今日は誰かに会う予定はないということだな。

「じゃ、どっかでメシでも買って行くか」

「大したものでなければ、俺が作ります」

「青山の手料理？　それは嬉しいな」

「本当に大したものじゃないんですよ」

「献立は決まってるのか？　まだ決めてないならどこかで食材を買って帰るか？」

「献立は決まってますけど、部長が食べたいものがあるなら……」

「眉村さん、だろう？　会社を出たらプライベートだ。役職で呼ぶのはやめてくれ」

「……眉村さんの食べたいものがあるなら作ります」

会社でも『眉村さん』と呼ぶことはあるのに、『恋人なら』という言葉に反応したのだろう、照れた顔を見せるのがまた可愛い。

「俺は何でも食べるからな。特に食べたいものというのはないな。青山が作るものなら何でも美味いだろう」

「そんなに料理上手じゃないですよ」

「だが自炊してるんだろう？　俺なんか適当だ」

「眉村さんもお料理上手いじゃないですか。それにお洒落だし」

「お洒落？」

「前に朝食でフレンチトーストを作ってくださって」

「ああ、あれは古くなったパンの活用法をネットで調べただけだ。食パンを食べ忘れてカビを生やさせることが多かったんでな」

軽い会話を楽しみながら駅まで行き、一緒に電車に乗る。

他人の聞いてるところでは込み入った話ができないので、道中の会話はメシの話ばかりだった。

電車で十五分、駅から歩いて十分のところに青山の住まいはあった。

アパート住まいと聞いていたが、彼の部屋を訪れるのは初めてだった。初めての恋人の自宅訪問というわけだ。いい齢してても緊張する。

外階段、外通路の四角いコンクリートの建物。団地のような見た目だが外側にタイルが貼ってある部分が飾りになっている。四階建ての建物の二階の一番端が彼の部屋だった。

「古いんですけど、その分広くて家賃が安いんです」

俺が建物をジロジロ見ていたのに気づいてか、彼が言った。

「しっかりした建物だな」

「はい。防音も効いていていい物件だと思います。でも二年後には取り壊しが決まってるんです」

「取り壊し？」

「耐震設計の問題だそうです。以前一階にトラックが突っ込んで、修復工事が入った時にわかったらしくて」

「トラック？　物騒だな。住人はどうした？」

「その時入っていた人は会社員で、事故は昼間だったので留守でした。賠償金を受け取って引っ越したみたいです」

鍵を開け、中に入る。

二年後には引っ越しか。

その時に同居を持ちかけたら乗ってくれるだろうか？

「何にもありませんが」

彼が明かりを点けると、物の少ない整理された部屋が浮かび上がる。青山の性格そのままの部屋だな。

慎ましやかで清潔で。

部屋は、入ってすぐがキッチン、その奥が続きで居間になっている。ＬＤＫだがキッチンとの間に低い棚が置かれていて部屋を分けている。

「どうぞ」

と座らされた居間にはテレビとローテーブルにローソファ。奥には本棚もあった。

居間から左手奥に扉があるが、そこが寝室だろう。

「お茶にしますか？　コーヒーがいいですか？」

「取り敢えず座れ」

俺は隣を示した。

なのに少し離れて、青山が座る。

「遠い」

俺は手を伸ばして彼の手首を摑むと、グイッと引き寄せた。

「あ」

小さな声が漏れて腕の中に彼が飛び込んで来る。

「せっかく二人きりなんだから、少しサービスしてもらいたいな」

「だからお茶を……」

「そういうのじゃない」

「どういう……」

手で頰に触れる。

青山はインドア派ということで日に焼けていなかった。なので肌が男にしては柔らかく、触り心地がいい。

「こういうサービスだ」

俺は顔を近づけ、唇を重ねた。

唇も柔らかいな。

他の男とキスしたことはないが、唇も男にしては柔らかいのではないだろうか。

その柔らかさを味わうのもいいが、今はその内側が欲しかった。

舌を差し入れて感じるねっとりと熱い口の中、逃げようとする舌を搦め捕る。

吸い上げて、軽く歯を当てると舌はおとなしくなった。

細い身体を抱き締めて、このまま『する』か、食事をしてからにするか迷った。

してる最中に腹の虫が鳴るのは嫌だし、青山の手料理は魅力的なんだよな。

唇を離して、額にキスする。

「あの、そろそろ食事の支度をしないと」

仕方なく抱き締めたばかりの腕を離してやると、青山はパッと離れた。

「やっぱり腹減ってるか」

「いえ、あのそろそろ作らないと、食べに来る人がいるので」

……何だって？

「誰か……、来るのか？」

なのに俺が来るのを許したのか？

ひょっとして二人を会わせてどうこうとかって考えてたんじゃ……。

「はい」

「それじゃ、お邪魔して悪かったな。俺は帰った方がいいか？」

「いえ、眉村さんがウチに来てくれるなんて嬉しくて……。でももし不快だったら……」

彼がそう言いかけた時、チャイムが鳴り響いた。

こんな時間に来客？　宅配便？　まさか男？

「すみません、ちょっと」

慌てて玄関へ向かい、相手を確かめることなくドアを開ける。

「こんばんわ！」

元気な子供の声が俺にも聞こえた。

「はい、今晩は」

「今日もゲームさせてくれる？」

「ええと……、今日はお客さんがいるんだけど、それでもいいかな？　おとなしくできる？」

「お客様？」

何となく気になって、俺も立ち上がって玄関先へ向かった。

そこに立っていたのは、小学校低学年くらいの目鼻立ちのはっきりした男の子だった。

「青山、この子は？」

「隣の子で、川口（かわぐち）風太くんです」

風太……。

「お母さんと二人暮らしなんですけど、お母さんの帰りが遅い時にはこうしてウチに遊びに来るんです」

風太は俺をじっと見ていたが、青山が自分のことを紹介するとペコリと頭を下げた。

「川口風太です。初めまして」

なかなか礼儀正しいじゃないか。

「おじさんは？　青山のお兄さん？」

「……おじさんはないな。お兄さんにしといてくれ。俺は眉村だ。青山の上司だよ」

言いながら小さな頭をくしゃっと撫でた。

「ごめんなさい。女の人にはお姉さんって言うようにって言われてたけど、男の人には何にも言われてなかったから」

「言われてたって誰に？」

「お母さん。おばさんでもおばあちゃんでも、呼ぶ時にはお姉さんって呼びなさいって」

「そいつはいい躾だな。これからは男の人もお兄さんにしとけ」

「その方がいい？」

クリンとした目で見上げられ、俺は笑った。

「そうだな。微妙な齢だと余計気にするからな」

「わかった。眉村のお兄さん。青山をよろしくお願いします」

風太はまたペコンと頭を下げた。

「あの、眉村さん。夕飯、この子も一緒でもいいですか？」

「来客ってこの子のことか」

「はい。いつもコンビニのお弁当らしいんで、来た時には食べさせるようにしてるんです」

スケジュール手帳に書かれていた名前の謎は解けた。

もしかして、定時に帰るのもこの子のためだったのか？　問いただしたいが、子供の前ではまずいだろう。

どっちにしろ、今日の疑念は晴れたわけだ。

「いいぞ。ボウズ、上がれ。青山が夕飯を作ってくれるそうだから、出来るまでの間お兄さんと遊ぼう」

「ボウズじゃないです。風太です」

「ああ、そうだったな。じゃ風太、よろしくな」

子供の闖入は不満ではあるが、浮気ではなかったのだから受け入れてやろう。

「おじゃまします」

それにこの子は行儀も悪くなさそうだ。

「ありがとうございます。すぐに夕飯作りますね」

俺が子供を受け入れたから、青山も満面の笑みを見せてくれるし、悪くはない。

「ゲームしに来たって言ったな。何のゲームだ？」

「スマッシュマスター。青山弱いけど、眉村さんは強い？」

「やったことないからな。教えてくれるか？」

「いいよ」

勝手知ったる他人の家と言わんばかりに、風太は奥へ行くとテレビの下からゲーム機を引っ張り出し、電源を入れた。

「本当にありがとうございます。すぐご飯にしますね」

夕飯が出来るまで子供と遊ぶ。まるで家庭のようだな。ということは俺はこの子のお父さんってことか。うん、悪くはない。

「色々聞きたいことはあるが、後にしよう。子供の相手は任せておけ」

「はい」

「眉村さん。用意できたよ」

「おう、今行く」

俺はさっき風太にしてやったように、青山の頭を軽く撫でた。

「もう、子供と一緒にしないでください」

「今は同じようなもんだ。でないと、お預けが我慢できない」

意味は伝わったのだろう。

青山はまた頬を染めた。

「料理するのに邪魔だろう」

ネクタイを解いてやり、そのまま引き抜く。

「上着も脱いだ方がいいぞ」

「自分で脱ぎます」

慌てて上着を脱ぐ。

「ほら、寄越せ。向こうに置いておけばいいな？」

「眉村さんこそスーツ、シワになりますから脱いでいいですよ」

「ネクタイ外してくれるのか？」

「ハンガー出します」

俺の手から自分のネクタイを取り上げ、バタバタとハンガーを取りに行きそれを渡される。

「どうぞ」

自分でやれってことだな。

「眉村さん。早くこっちおいでよ」

拗ねたような風太の声に、俺は第三者がいることを思い出した。

いかんな、つい照れたり慌てたりする青山を見ると楽しくなってしまう。

「悪い、悪い。大人はくつろぐのに色々準備がいるんだ」

渡されたハンガーに上着とネクタイを掛け、壁際の青山の上着の横に掛けた。

ワイシャツの襟元を開け、袖口(そでぐち)を捲(まく)り風太の隣に座る。

「よし、教えてくれ。風太先生」

「先生じゃないよ」

「教えてもらうんだから先生さ。格ゲーか？」

「無双みたいなのだよ。ケースに説明書入ってるけど見る？」

「いや、取り敢えずやってみよう」

俺に弟はいないが、いたらこんな感じだろうか？

齢が離れ過ぎてるから、やっぱり子供か？

そんなことを考えながらコントローラーを握った。


ゲームをやりながら聞いたところによると、風太は小学校二年生だった。

八歳ということは俺の子供でもいいくらいだ。

小学校に上がる前に親が離婚して今は母親との二人暮らし。別れた父親は酒を飲むと暴力的になる人で、別れてからは一度も会ってないそうだ。

母親は『洋服を作る人』と言うので、アパレルメーカーか何かに勤めているのだろう。

よく見ると、風太はなかなかの美少年だった。

いや、美少年というのとは違うか。太い眉と大きなクリッとした目は元気少年という方が合ってるだろう。だが整った顔ではある。

運動神経も良さそうだし、足が速ければきっと女の子にモテるだろう。もしくはハキハキしてるし、男の子の間でリーダー格になってるか。

青山の作った夕飯はミートボールの載ったパスタとサラダだった。

どうやらパスタは風太の好物らしいが、サラダは好きではないらしく何度も青山に食べなさいと促されていた。

ただ男としてのプライドがあるのか、俺がその姿を見て笑うとムッとして一気に平らげた。

微笑ましいと思っただけだったのだが。

九時頃に風太の持っていたスマホにメールが届き、少年は帰っていった。

「コーヒー、どうぞ」

今日が平日でなければ、明日が休みなら、泊まって行きたいと言えただろう。

だが明日も仕事がある。

「ありがとう。これを飲んだら帰る」

「え、もう?」

「明日もあるからな」

「そうですよね」

今の、名残惜しいという顔だけで何もかも許す気になってしまう。

『帰って欲しくない』から、『でも仕事だから我慢する』に変わった顔だ。

「まあ、コーヒー一杯で一時間粘るかも、だが」

青山の、こういう素直なところが好きだ。

感情が顔に出るほど素直で単純なところもあるのに、仕事の時にはちゃんと働ける。そういうしっかりとしたところも。

「それじゃ、茶飲み話として聞かせてもらおうかな。どうして隣の家の子供が遊びに来るのか。今まで定時で帰ってたのはあの子のためか?」

青山は、ふっと笑った。

「やっぱり……」

「うん？」

「今日、眉村さんがウチへ来てくれたのはそのことだったんですね」

……嫉妬がバレてた？

「心配されてるのかな、と思ってました。体調悪いのか、と訊かれてましたし」

そっちか。

「そうだな。何か悩みがあるなら相談に乗ろうと思ってた」

彼の誤解に乗っかって、体裁を取り繕う。

「一カ月くらい前、会社から帰って来たら風太くんが一人で家の扉の前にしゃがみこんでたんです。声を掛けると、カギを持って出るのを忘れたとかで、母親が帰って来るのを待ってるのだと」

携帯電話を持っているならお母さんに連絡を入れたらどうかと言ったところ、母親は働いているので迷惑をかけたくないという答えだった。

ここに座って本でも読んでればすぐ帰ってくるはずだと言われたのだが、心配で、それなら帰って来るまで家に来ればいいと申し出たのが最初だった。

風太は一度は断ったものの、腹の虫が鳴ったので、青山が強引に連れ込んだらしい。

初めのうちは警戒されていたが、ゲーム機があることに気づくと喜んで子供らしさを見せるようになった。

母親にはメールを送らせ、うちに来ていることを説明すると、戻ってきた後に謝罪された。

「その時の様子が変だったんです」

「変?」

「必要以上に謝り続けるというか、俺に怯えてるっていうか。それで、帰りが遅い時だけでもどこかに預けたらどうかって話をしたんです。よく知らないけど、公的な託児所みたいなのがあるんじゃないかって思って」

「小学校に上がる前なら保育園があるが、小学生のはどうだかな?」

「って言うより、彼女はどこにも預けられなかったんです」

「どういうことだ?」

「さっき風太がお父さんはお酒を飲むと暴れる人だったから嫌いだったって言っていたでしょう。典型的なDVだったみたいです。随分辛い目にあったみたいで、離婚は正式にできたらしいんですが、その時にお姑さんから風太を渡せって言われたみたいで」

「だから?」

「他人に預けるならうちに寄越せって言われるのが怖いみたいです」

「それは……、本末転倒だろう。子供を家に一人で置いておく方が大変なんじゃないのか?」

「ああいう時の女性は、外から何を言っても無駄なんです。自分の考えたことだけに縛られてますから」

青山は伏し目がちに自分の手を見ていた。

「うちも、そうだったんです」

「青山の家？」

「はい。俺は姉と二人姉弟だったので一人きりってことはなかったんですけど、やっぱり両親が父親のＤＶで離婚して、暫く（しばらく）は俺の母親も誰にも頼れなくて……」

「お母さん、今は一人なのか？」

「あ、いいえ。今は結婚した姉夫婦と一緒にのんびり田舎暮らしです。お義兄さんがとってもいい人なので」

「そうか、よかった」

彼はふふっと笑った。

「他人の家の、会ったこともない人のことまで心配するなんて、眉村さんらしい」

「恋人の母親のことだからな」

即答すると、笑顔に赤みが差した。

「そんなわけで、どうしても風太を放っておくことができなくて、川口さんに言ったんです。

預けられては困るけれど、風太くんとはゲーム友達になったので、遊びに来る分には構いませんよって」

その言葉が真実ではないだろう。

預かりますと言いたいが、他人に頼りたくないと思っている母親の負担にならないように、自分にも風太に望むことがあると理由を付けたに過ぎない。

「仕事が忙しくて留守になることもあるので、いつもという訳にもいきませんとも」

それも真実ではない。

お前は、風太が訪ねて来た時不在にならないよう、定時上がりに努めていたのだから。

「懸命な判断だな。他所様のお子さんを軽々しく預かると言い出すより、ずっと相手も安心しただろう」

だから俺はお前の行動を肯定してやる。

「食費は貰ってるのか？」

「いいえ。簡単なものしか食べさせないようにしてるので。あんまり豪華なのを作ると、眉村さんが言ったみたいに食費をってことになるでしょう？　なので、今日はすみませんでした。せっかく来てくれたのにミートソースしか出せなくて」

「美味かったよ」

「簡単ですよ」

「それでもお前が作ったというだけで、高級フレンチよりずっと美味かった。といっても俺は高級フレンチ自体好きじゃないが」

「そうなんですか？」

「元スポーツマンだからな、メシはガッツリ系が一番好きだ。今日のも、ただのミートソースじゃなくてミートボールが載ってたのがいい」

「子供舌なんですか？」

　また青山が笑う。

「……否定できないな」

　俺の答えにひとしきり笑った後、青山はまた少し暗い顔になった。

「自分でも、わかってるんです。こんなの、一時しのぎでしかないし、自己満足だって。でもあの時、俺や姉ちゃんに逃げる先があったら、微力でも母さんの助けになる人がいたら、きっともう少しみんなが楽になれたんじゃないかなって。そう思うとどうしても風太と川口さんが放っておけなくて。俺、おかしいですか？」

　彼は俺に裁定を求めるようにこちらを見た。

　常識から考えて、ただ隣人だというだけでそこまで肩入れするのはおかしいことだろう。

気になるなら、役所にでも言って公的な支援を探してやるべきだ。

だが俺にはそれを言うことができなかった。

たった今聞いた青山の過去が、未だに傷として残っていることを察したから。

今は青山の母親も姉さんものんびり暮らしているだろう。青山だって俺という恋人がいて会社には友人もいる。

彼が傷を負ったのが何歳の時なのかは知らないが、幼ければ幼いほど傷は深かったはずだ。

以前、こんな話を聞いたことがある。

人の心の傷は塗り立てのコンクリートのようなものだ、と。柔らかくて、猫が歩いただけでも足跡がついてしまう。

時間が過ぎて乾けばカチカチに固まって何が通っても平気だが、いつまでも猫の足跡は残ったままになるのだ。それと同じように心の傷というものは、乾いて、平気になったと思ってもそこに残るものなのだと。

「確かに、昔ならご近所が子供を預かるなんて当たり前のことだっただろう。だが今時は当たり前だとは言えない」

青山の頬がピクリと引きつる。

「だが、本人達が納得しているのならどうでもいいんじゃないか？」

「……え？」

「お前が自分の気持ちだけで勝手に動いて、相手が迷惑だと思っているのなら『やめろ』と言っただろう。だがその川口さんっていう女性がありがたいと思っているのなら、問題はないんじゃないか。ほら、セクハラの研修の時に言われただろう。どんな行動も受け取る側の気持ちなんだって」

「セクハラ……、ですか？」

「例えだ、例え。善意も、不快に思われたら迷惑だが喜ばれれば親切だ。川口さんが『もう結構です』と言うまではいいんじゃないか？　ただし……」

「『ただし』？」

「風太の母親ならまだ若いだろう。下心ありと思われたり、向こうが勝手に熱を上げるなんてことにならないように注意しろ」

「俺なんか、そんな対象になりませんよ」

「わかるものか。お前はこの俺を堕（お）としたんだからな」

「……堕ちてくれたんですか？」

上目使いで見られると、もう帰ろうと思っていた気持ちが揺らぐ。

「堕ちた。だから帰る前にもう一回キスさせろ」

返事はなかったが、彼が目を閉じたのでそっとキスする。

ディープキスをしたかったが、そうすると更に帰りたくなくなるので我慢だ。

「お前の親切に協力してやろう。風太に頼みたい仕事がある」

「仕事？」

「明日も来ていいか？」

「あ、はい。もちろんです」

「そろそろ帰らないと理性の限界だから帰るが、詳しい話は明日会社でしよう」

言いながら、俺は立ち上がった。

つられて立ち上がった青山をそっと抱き締める。

「眉村さん……？」

「ん、今日のところはここまでだ」

耳にキスしてからすぐに離れる。

「また明日、な」

「はい」

真っ赤になって、俺がキスした耳を押さえている姿を見て、また俺の中の男が疼(うず)いたが、ここは我慢して部屋を出た。

「お気を付けて」

初めて彼と出会った時はこんなに惚れるとは思っていなかったなぁ、と思いながら。


青山が大学生の時にインターンシップで社を訪れた時は、その他大勢の一人としてしか見ていなかった。

男子五名、女子五名、合わせて十人の学生達の中の一人で、たまたまウチの部署に回されてきただけの子だとしか。

社長の出身校の学生だと聞いていたので、トラブルが起きなければいいなと考えたくらいだろう。

だが暫くすると、その十人の中でも青山は真面目な子だという印象を持った。

仕事がテキパキできるというほどではないが、言われたことはきっちりやるし、わからなければちゃんと人に尋ねることのできる子だと。

彼が入社したことは知っていたが、配属先は総務だったので顔を合わせることもなかった。

その頃、俺の部署から女子社員が一人寿退社し、育休申請で男性社員が半年ほど休職してしまった。

部内の仕事はきつくなり、俺も忙しく出歩いた。

社外の顧客を回るのもそうだが、企画営業という性質上社内の商品開発部や販促営業などと意見を交換するため社内も飛び回る。デスクに不在なことも多く、つかまらない男となって連絡が滞るようになった。

今までなら、部下の誰かが連絡係だったのだが、手が足りなくて俺の世話をする人間などいなかったからだ。

そこで人事に自分の補佐になる人間を一人回して欲しいと申請した。補佐なので、新人で構わないから、と。

そこで配属されたのが青山だった。

顔を見た時、ああインターンシップで来ていた子だとすぐにわかった。

明るい茶の髪と真っすぐにこちらを見る大きな目が印象的だったからだ。

彼の仕事ぶりは、満足のいくものだった。

人懐こくて、部内の人間とも上手くやれたし、言われたことはすぐにやり、言われないことも率先してやった。

最近の新人は自己主張が強くて、自分のやり方が正しいと思ってる者が多いと聞いていたが、青山は協調性があった。

可愛い、と思った。

もちろん部下としてだ。

俺は性的には女性対象者で、今まで付き合ったのも女しかいなかった。学生時代部活で同性と裸の付き合いもしたが、セクシャルな考えを持ったことはない。

なので、どんなに青山を可愛いと思っても、それが恋愛に繋がる感情だなんて考えたことはなかった。

強いて言うなら、弟みたいだと思った程度か。

それでも気に入っていたのは事実だ。

目を掛けて、仕事を教え、メシにも誘った。

もしも『あの夜』がなければ、ずっとそのままでいただろう。

あの日は、リサーチのために青山を連れて大手の広告代理店の人間と飲んでいた。

広告代理店の人間は社交的で酒が強くなければダメなのだと豪語していたのは、小林という男だったか。

一軒目は普通の居酒屋で飲んでいたのだが、いい話を教えるからと二軒目に彼が誘ったのはキャバクラだった。

経費で落とせるかどうか微妙なところだったが、小林が教えてくれた情報は確かに有意義なものだったので、彼の好きなように飲ませてやった。

どうやら彼の行き付けの店だったようで、小林は女の子を指名して侍(はべ)らせ、酒を飲み、いい気分になって帰っていった。

彼をタクシーに押し込んで見送った後、やれやれとため息をついた時、背後からスーツを引っ張られた。

「眉村さん……」

振り向くと、さっきまで普通にしていた青山が真っ青な顔をしていた。

「どうした、青山」

「……気持ち悪いです」

「大丈夫か？」

「……こんなに飲んだことなくて。このまま帰っていいですか？」

「それはいいが、お前実家か？　一人暮らしか？」

「一人です。う……」

俺のスーツを握ったまま、青山の身体がだんだんと崩れてゆく。

これは不味(まず)いな。

もしかして急性アルコール中毒か？　だとしたら一人住まいの家へ帰すのは危険だ。

いや、この様子では家まで無事に帰れるかどうか。

「うー……」

俯いて唸る彼を放ってはおけず、俺は彼を抱えてタクシーを拾った。

仕方ない。こんなになるまで気づかなかった自分にも責任はある。取り敢えず今夜は面倒を見てやろう。

そう思って青山を自分のマンションに連れて帰った。

出世は望んでいなかったが、出世したお陰で上がった給料で、半分投資のつもりで買った3LDKのマンション。まだローンは残っているが、気に入ってる空間だ。

妬まれるのが面倒で、ここへ人を入れたのは長岡だけだった。

タクシーから降りる時には青山はもう酩酊状態で、肩を支えて三階の部屋へ運び入れた。

「青山」

声を掛けても返事がない。

玄関入って一番近い部屋を寝室にしておいてよかったと思いながら、彼をベッドへ寝かせてやる。

「青山」

もう一度名前を呼ぶと、小さな声が聞こえた。

「何だ？」

耳を寄せると、「水……」という言葉が聞こえる。

俺は上着を脱いでネクタイを外すと、冷蔵庫からペットボトルのミネラルウォーターを持ってきて、フタを開けると口元へ運んだ。

「飲めるか？」

身体を支えて起こしてやると、何とか水を飲んだ。

やれやれ、だな。

青山はあまり遊んできたふうには見えなかったので、これからのことを考えると酒の飲み方も教えた方がいいかもしれない。

「吐くか？」

と訊くと、首を振る。

「吐いた方が楽になるぞ」

「や……」

「気持ち悪いんだろう？」

「……ごめんなさい」

「気にするな。こっちの方が気が付かなくて悪かった」

恐らく、付いていた女の子に勧められるままに飲んでしまったのだろう。

もしくは売上のために濃い水割りを作られていたのか。

どっちにしろ、今夜はベッドを譲るしかないな。

「う……」

また小さく彼が呻く。

我慢しているのだろうが、ベッドで吐かれる方が困る。

「しっかりしろ」

俺はもう一度水を飲ませると、彼を抱えてトイレに連れて行った。

「吐け。楽になるぞ」

「や……」

「いいから」

「やだ……」

「仕方ないな」

強引だが、彼の口の中に指を突っ込んで無理やり吐かせた。

学生時代、その様をマーライオンと言ったのは誰だったか。言い得て妙だと思ったものだ。

抵抗していたが、何とか吐かせてからもう一度ベッドに寝かせる。

呼吸が楽になってるのを確認してから、酔い醒ましのコーヒーを作りにキッチンへ。

薄いコーヒーを作って一口飲んでから、取り敢えず青山のも淹れてやり、二つのカップを持って再びベッドルームへ。

サイドテーブルにカップを置いてから、青山の酔って真っ赤になった寝顔を覗き込む。

睫毛が長いんだな。

女顔に見えるのは、その睫毛とぷっくりした唇のせいなのかも。

「青山。起きてるか?」

返事はない。

「取り敢えずスーツは脱げ」

返事はない。

やれやれ、楽になったら熟睡か。

俺は彼を抱き起こし、左手で支えながら右手でネクタイを解いた。上着のボタンを外して脱がせてからまた横たわらせる。

ワイシャツは自分のを貸してもいいからこのままでいいだろう。だがズボンはシワが入ると大変だから脱がせなければ。

自分もベッドに上がり、彼の足を跨いで座ってベルトを外す。続いてボタンに手を掛け、ファスナーを下ろしたところで彼が身じろいだ。

「おとなしくしてろ」

聞かせるつもりではなくポツリと呟いた途端、青山の声が響いた。

「ひあっ……！」

顔を上げるとさっきより赤くなった青山が目を開けてこちらを見ていた。

「ダメです！　俺まだ童貞なんです！　相手が眉村さんなら俺は嬉しいですけど、こういうことはやっぱり愛情がないと！」

身体を起こし、あわあわした顔で手を振る。

彼が何を誤解したのか、すぐにわかった。意識のない時にズボンを脱がされかかっていたらそういう考えに至るのも仕方のないことだろう。

「……青山」

だが俺はそっちの気はない。

「本気で好きだから、遊びで手を出されたくないです！」

そっちの気はないのだが……、『本気で好き』という言葉に引っ掛かった。

「俺と寝てもいいほど、俺が好きなのか？」

「それは……、眉村さんが俺を好きになってくれるなら……。でもそうじゃないでしょう?　眉村さんが俺を好きになってくれるなんて、考えられません」

「まあそうだな」

俺の言葉を聞いて、青山の目に涙が浮かんだ。

「ですよね……。だったら俺なんかで遊んだりしないでください……」

泣きながら諦めたように笑う青山の顔が、意外にも胸に響いた。

部下としての『可愛い』じゃなく、人としての『可愛い』という感想が生まれた。

だが、誤解をそのままにはできない。

「青山、俺はお前を遊びで抱く気はない。お前に限らず、意識のない人間を襲うこともしない。今俺がしてるのは、酔っ払った部下がスーツのまま寝入ったから、スーツに皺が入らないように脱がせてるだけだ」

「え……?」

「さっきトイレで吐いたのは覚えてるか?」

青山が首を振る。

「戻して、少し楽になって眠ってたから俺が脱がすしかなかったんだ。だが目が覚めたんなら自分で脱げるな?　今着替えを持ってきてやるから待ってろ」

「あ……あの……！」

俺はベッドから下りて部屋を出た。

俺のパジャマじゃデカイだろうが、他にこれといったものもないし、眠るだけならサイズが大きくてもいいだろう。

にしても……。

青山が俺のことを本気で好き？　俺になら抱かれてもいい？

男に愛の告白をされるなんて気持ち悪いかと思ったのに、何故か悪くない気になっている。

他人に好かれるのは悪い気分じゃないだろうが、相手が他のヤツでもこんな感じになるのだろうか？

例えば長岡に本気で好きだと言われたら？

……その場でごめんなさい、だな。

「青山、少し大きいが俺のパジャマでいいな」

洗濯してあるパジャマを持ってベッドルームへ戻ると、青山はベッドの上に正座していて、俺を見るなり頭を下げた。

「申し訳ございません！　いかがわしい誤解で眉村さんを不快にさせてしまって。どうか、今のことは酔っ払いの戯言（たわごと）と思って忘れてください」

これは完全に酔いが醒めてるな。

「いいから頭を上げろ。まだズボン穿いてるのか。俺に見られるのが恥ずかしいなら着替えるまで出て行ってやるぞ？」

「いえ、すぐ脱ぎます。眉村さんには邪な気持ちは微塵もないんですから」

ガバッと頭を上げると、差し出したパジャマを受け取り、即座にズボンを脱いで着替えた。

その後にきちんとズボンを畳むのが彼らしい。

「もう冷めたが、コーヒーも淹れてきた。少し飲め。そこにあるペットボトルも、お前の飲みかけだ、水のが良ければそっちを飲め」

サイドテーブルからカップを取り、彼に手渡す。自分もカップを手にしてベッドの端に座った。

「青山」

「はいっ！」

名前を呼んだだけで彼が飛び上がる。

「落ち着け、ベッドにコーヒーを零されたら困る」

「あ、はい。そうですよね、すみません」

恐縮しまくって、目も合わせない青山の横顔を見る。

まだ目元に涙が残っていて、顔も赤い。赤いのは酔いのせいだろうが。

やはり俺のパジャマは大きかったのか、カップを持つ手が袖で半分隠れているし、襟も大きく開いてうなじが見える。所謂彼シャツ状態だ。

同性なのに、その様はちょっとそそる。

「青山。お前、ゲイなのか？」

「え……、あの……。よくわかりません……」

「俺のことを好きだと言っただろう？　俺は男だぞ」

「わかってます。でも、今まで男の人を好きと思ったことはないので、ゲイかどうかは……。あ、でも女性にも恋愛感情を抱いた人はいなかったからゲイなのかも」

「何だ、俺が初恋か」

……面白い。見る間に耳まで赤くなった。

「多分……、はい」

「俺がお前を好きなら抱いてもいいのか？」

「もうそれは忘れてください。からかわれると辛いです」

「からかってはいない。お前が『本気』と言ったから真面目に話をしている」

「真面目……に？」

青山がやっとこちらを見た。

叱られた柴犬みたいな顔だな。

「お前は男に抱かれることに抵抗はないのか？」

「わかりません。でもさっき……、誤解ですけど、眉村さんがそういうことをしてるのかと思ったら、少し嬉しかったのは事実です。あ、でも、気持ちが伴わない行為は絶対嫌です」

「俺が相手でも？」

「だって、辛いじゃないですか……」

「じゃ、お前が俺の寝込みを襲う心配はなさそうだな」

「そんなことしません！」

大きな声で勢いよく否定したが、俺が笑ったから今のはジョークだと察してすぐにまたシュンとする。

「俺……酔ってるんです。だから絶対に言っちゃいけないことを言っちゃいました。こんな部下がそばにいたら嫌ですよね。俺、明日人事に異動願い出します」

「それは困る」

「でも、今は笑ってくれても、いつかきっと気持ち悪いって思うでしょう？」

「いや、俺はゲイを気持ち悪いとは思わないな。そういう友人もいたし」

「そうなんですか？」

「大学の時に男性が好きなんだがどうしようと相談されたことがある」

「それで、何て言ったんですか？　その人に」

「当たって砕けろ。但し、相手が嫌だと言ったら黙って引き下がれ、だ。男女の恋愛と一緒のアドバイスだな。恋愛なんて、性別でするもんじゃないだろう？　相手が好きかどうかだ。女が好き、というのは胸がデカイのが好きというのと同じで相手を好きになった理由の一つでしかない」

「同性だと……、子供作れませんよ？」

「子供作るために恋愛するわけじゃないだろう。子供のできない夫婦もいるわけだし」

「でも一般的にはおかしいって思われるかも」

「一般的にどう思われても関係ないだろ？　齢の差婚も一般的にはおかしいと言われるぞ」

「眉村さんって……、革新的な考え方なんですね」

「そうか？　友人には考えが浅いとしか言われないが。まあ一般論はいい、俺とお前の話をしよう」

　ピクッと彼の肩が震える。

「まず、異動は許可しない。お前がいなくなると俺が困る」

「……はい」

「次に、もう一度訊くが、お前は俺のことを恋愛的に好きなのか？」

青山はまた俯いた。

「顔を上げて、正直に答えろ。俺はちゃんと青山の気持ちに向き合って話をしたいんだ」

一拍間が空いたが、青山は顔を上げ、真っすぐに俺を見た。

「はい」

「どこが好きなんだ？　俺は胸も尻もないし、女性的でもない。さっき聞いたところ、今まで男に性的感情を抱いたこともないというし」

「わかりません。ごまかしてる訳じゃなくて、本当に自分でもわからないんです。最初は憧れの上司でした。仕事もできるし、優しいし、男らしくてカッコよくてキリッとしてて騎士みたいで。自分がどんなに頑張っても、眉村さんみたいにはなれないなって」

……面と向かって褒められると何か恥ずかしいな。

「前に試作の見本品を運んでる時、階段で滑って落ちそうになった俺を抱きとめてくれたのを覚えてますか？」

「……すまん、覚えてない」

「いえ、いいです。眉村さんにとっては些細なことだってわかってます。でもその時、背後から抱き締められてドキドキしたんです」

「階段から落ちそうになったから、じゃなく?」

「違います。それ以来、何でだかつい眉村さんの手に目が行くようになって……」

「手?」

　俺は自分の手をわきわきしてみた。何の変哲もない、普通の手だ。

「大きい手だなって。もう一度抱き締めて欲しいなって……。自分でもおかしい考えだと思ってはいましたが、俺は両親が離婚して父親がいなかったから、そのせいかとも思ってました」

　父親か、複雑な気分だな。そんなに離れてないはずなのに。

「でも、違うんだなってわかりました」

「どうして?」

　青山がムッと口を引き結んで顔を赤くする。

　むいむいと唇を動かし、ふいっと横を向いた。

「……夢を見たので」

「夢?」

「その……、俺と眉村さんが……。恋人になる夢です」

　何となく察したので、その答えにはそれ以上突っ込まなかった。

「恋人になって嫌じゃないと思ったので、これは恋なんだな、と」

「そうか、わかった。じゃ次だ。俺はお前のことを恋愛対象として見たことがない」

「わかってます」

「だが『まだ』だ。これからはわからない。さっきから、俺のパジャマを着てもじもじしてる青山が可愛いと思って見ている。お前にそういう対象として見られてると知っても、嫌だとは思っていない。だから、オトモダチから付き合ってみるか？」

「……え？」

振り向いた青山はポカンとした顔をしていた。

「すぐに恋人じゃないぞ。まずは俺がお前を知るところから始める。お前もだ。青山は俺を理想化してるみたいだから、もっと素の俺を知ったら恋も覚めるかもしれない。なのでもっとプライベートで一緒の時間を作ってみよう」

「……本当に？」

「ああ」

「俺とお付き合いしてくれるんですか……？」

「友達からだぞ？」

人の目から涙が吹き出す瞬間というのを、初めて見た。

大きな青山の目に、みるみるうちに涙が零れ、可愛い顔がぐしゃぐしゃになる。

可愛い、と思った。

こんなに懸命に俺を好きになってくれる人間がいるのかと感動すらした。

「あり……、ありがとう……、……がとうございます」

小さな子供みたいにしゃくりあげる彼を見て、好きになるかもしれないと思った。だが今ここでそれを口にするのは無責任だということもわかっていた。

途中でやっぱり違ったとなったら、彼を傷つけるだけだろうから。

「安心したら、今日はもう寝ろ」

俺は彼の手からカップを取り上げた。

風呂に入った方がいいかとも思ったが、酔ったまま風呂に入るのは危険だろう。

「眉村さんは？」

「俺が一緒にベッドに入っていいのか？」

赤くなるだろうな、と思ったらやっぱり彼はまた顔を赤くした。

「俺は床で平気です」

「ばか、酔っ払いを床になんか寝かせられるか。別室に客用のベッドがあるから安心しろ」

額を軽く押して横にならせる。

「これ……、夢かなぁ……」

小さく呟いた彼の声が耳に届く。

「俺も酔ってるから、明日起きたらまた話そう。会社があるんだから朝は早く起こすぞ」

「はい」

仰向けで目を閉じた青山を暫く見下ろしていたが、酒のせいか安堵のせいか、すぐに寝息が聞こえてきた。

この青山と恋愛、か。

可愛いとは、何度も思った。彼に対する感想がいつも可愛いだったと言ってもいい。

けれど小さな子供を見たって可愛いとは思うだろう。だからといって子供に性的な関心を持つことはない。ロリもショタもよくわからない。

こいつは男で、気に入ってる部下で、だが可愛い。

青山とキスしたりセックスしたりできるだろうか？　恐らく、青山の見た夢というのはそういうことだろう。それでイケルと判断したなら、俺も彼にキスできたら恋愛に繋がるのかもしれない。

だが、今は試さずにおこう。

俺は部屋を出るとシャワーを使うためにバスルームへ向かった。

別室のベッドなんてないので今夜はリビングのソファだと思いながら……。


翌朝、俺は目を覚ますと青山を起こしに行った。

目覚めてすぐ目の前に俺がいたことで飛び上がるほど驚き、昨夜のことを思い出して平身低頭になった。

取り敢えずシャワーを浴びさせて、着替えをさせてから朝食のテーブルに着かせた。

思っていたより作るのが難しくなくて最近気に入ってるエッグベネディクトとコーヒーを朝食に出し、昨日のことを再確認する。

これからは恋人候補としての付き合いを始めること。

だが自分にはまだ恋愛感情はないから、必ず恋人になれるわけではないこと。

このことは誰にも内緒にしておくこと。会社では上司と部下でいること。

等々を話し合い、彼はそれを受け入れた。

「あんなことを言い出しても、嫌われなかっただけで嬉しいです。しかも眉村さんの手料理まで食べられて」

目尻に涙を見せながらにこっと笑う顔は、やっぱり『可愛い』だ。

「取り敢えず、今日は外回りの立ち寄りを命じたということにしてやるから、一回家に帰って着替えてから出社しろ」

「はい」

「ついでに、今夜は一緒にメシを食おう。もっとお前のことを知らないと」

「……はい」

「話はその時にするから、会社ではこのことには触れない。だが無視しているわけじゃない」

「わかってます。ビジネスとプライベートは別、ですね」

「そうだ」

頭のいいヤツだ。こちらの言いたいことがちゃんとわかってくれている。

「じゃ、続きはまた今夜、だ」

「はい」

メシを食い終わってから、二人で一緒にマンションを出て、駅で別れた。

会社で再び顔を合わせた時には、もういつもの青山だった。

だが、物凄く上手く視線を合わせないようにしていた。やっぱり青山は柴犬だな。いや、マメ柴か。忠実でありながら、愛らしい。

その夜、約束通り一緒に食事をした。

一日経ってても嫌悪感などはなく、可愛いと思っていると言った。

青山は、俺が好きになったエピソードを語った。

途中で気恥ずかしくなったので止めさせたが。

これまで、青山と親しく話したことはなかった。

上司と部下としての交流はあったが、プライベートな関係ではなかったので。

けれど、部下の青山ではなく、青山翼という個人と付き合ってみたら、彼は意外なほどに俺と相性がよかった。

思えば補佐として付いている時にも、優れたサポート力を見せてくれていた。彼はとても気が利くのだろう。

彼と俺とは趣味が違うのに、会話も弾んだ。

俺はアウトドア系だが青山はどちらかというとインドア系。俺が話題に乗せるものを知らないことも多々あった。

今まで自分の周囲にいた女性は、知らないことが話題に出ると途端に興味を無くし、強引に自分の話題に持っていったりつまらないと態度に表したりしていた。

よくても、わかってるふうに相槌を打ったり、全然違う方向に質問したりだった。

自称女性を理解している長岡によると、女性の話を優先してやらない俺が悪いそうだが、どっちにしても自分がつまらないと思ってる時にははっきり言ってもらった方がいい。態度でつまらないと察して欲しいとか、つまらないのに興味があるフリとかされるのは好きではなかった。

なので元々同性の方が話しやすくはあったのだが、その中でも青山は一番だろう。

彼は、知らないことにも興味を持って質問した。わからない時にはわからないとはっきり言い、わかろうとしてくれた。

一方的な聞き役に回るだけでなく、自分からも話した。

それが俺とは違う考えだったり俺が知らないことなので、聞いていて楽しかった。

そのうち、彼は受け入れるが押し付けないから話しやすいのだと気づいた。

仕事はちゃんとするのに、プライベートではちょっと抜けてるところがあるのも好感が持てた。

日曜に一緒に買い物に出た時に、よくわかった。

彼は俺に黙ってついて来て、でも自分のやりたいことも口にする。俺が面倒そうにしてると、フードコートで待っててくれてもいいと言ってくれる。

買った物について、俺にはいいものを買ったと言い、自分のは嬉しいと笑う。

食事を奢ると言うと、まだオトモダチですからワリカンでと答える。けれど固辞するわけではなく、俺が奢りたいのだと言うと、それならと受け入れる。

青山といると気持ちがいいのだ。

彼と過ごすことは楽しいことだと自覚した。

好きか嫌いかと問われれば、好きだ。他の人と同じくらいかと問われれば、他の人よりも彼の方が好きだと答えられる。

けれど、ではセックスの対象として見られるか、と問われるとまだ戸惑いはあった。

仕方がない。俺は男性をそういう目で見たことがないのだから。

そこで、敢えて彼を性的な対象として見てみることにした。もちろん、青山には内緒で。

すると、思っていたより簡単に俺は刺激されてしまった。

スーツの袖から伸びる細い手首、細く長い指。ふっくらとしたよく動く唇。

スーツの下に隠された身体を見てみたいという欲も生まれた。彼の裸体を見たら、もっとはっきりわかるのではないか、と。

だが、学生時代なら部活終わりに一緒に風呂でも、とさりげなく誘えるが、会社の上司と部下ではそんな機会はない。その上相手が俺を意識しているのだから、警戒されるだろう。

見たいという欲求を抑え、それでも頭の中で妄想し、ネットでゲイに関する情報などを仕入れ、こっそりゲイのＤＶＤなども借りて見てみたりした。

結果、他の男には全く興味はないが、ゲイ自体は受け入れられることがわかった。

映像の中の男優が青山だったら……。あいつはこんな羞恥心（しゅうちしん）のない人間じゃない。もっと恥じらうはずだ、とか想像もしてしまった。

その時、自分のオトコも少し反応したので、慌てて想像を打ち切ったが。

表向きの態度では全く変化を見せないまま、頭の中では彼に対する気持ちがどんどんと変化してゆく。

そして……。

付き合い始めて半年、俺は終にその欲望を実現してみることにした。

「青山（あおやま）、週明けのスケジュールについてちょっと相談したいことがあるから、帰りにお茶でも付き合え」

退社時間ギリギリ、まだ残ってる者もいるのでそんな言葉で青山を誘う。

「眉村（まゆむら）さん、花の週末なんですからメシぐらい奢（おご）ってあげてもいいんじゃないですか？」

茶化すように言われた言葉に。

「そこまで甘やかさない」

とあっさり切り捨てる。

だがもちろん、お茶だけで済ませるつもりなどなかった。

いつもと変わらぬ顔で青山を連れて社を出ると、すぐに彼に囁いた。

「プライベートで話があるから、今日はうちに来い」

「仕事の話ではないんですか？」

「あれは口実だ」

喜ぶかと思ったが、何故か青山は神妙な顔で頷いた。

「わかりました。伺います」

あの日から、外でデートすることはあっても家に呼ぶことはなかった。彼のアパートにも行かなかった。向こうも行きたいとも来てとも言わなかった。

密室で二人きりになることに、お互い抵抗があったのだろう。

なので、家へ来いと言うのが特別なことだとわかっているようだ。

緊張しているのか、青山は黙って俺についてきた。話しかければ返してくれるが、自分からは何も言わなかった。

こちらの気持ちを見透かされての緊張かも、と思うとこちらも緊張する。

一応、色々考えて今日のために彼のための下着や替えのワイシャツまで用意していた。パジャマも買ってやろうかと思ったが、それはあの時の姿が可愛かったので、俺のもので済ませるつもりだった。

マンションへ到着すると、まずは腹ごしらえだ。

「先にメシを食おう。作るのを手伝ってくれ」

「はい」

一人暮らしが長くても、料理の腕はあんまりだった。

一人メシに凝ったものなど必要ないのでそれでもよかったから。

米を炊いて、その間にトマトにみじん切りのタマネギとドレッシングをかけただけのサラダに、お手軽調味料のタレに漬け込んだ鶏肉を焼いて、付け合わせに冷凍のインゲンを焼いたらそれで終わりだ。

ダイニングでの食事の最中も、会話は少なかった。

主な話題は自然と、仕事のことになった。

仕事のこととなるとお互い饒舌(じょうぜつ)になり、何とか食事が終わる頃には漂っていた緊張も消えてくれた。

食後のコーヒーを淹れ、場所をリビングに移してソファに並んで座り、やっと本題に入ろうとした時に青山が言った。

「最後に、眉村さんの手料理が食べられて嬉しいです」

「最後?」

「やっぱりダメだったっていう話でしょう?　わかってました。今日まで付き合っていただけただけで、とても幸せでした」

「ちょっと待て、誤解だ」

なるほど、緊張は俺の下心を察したのではなく、別れを切り出されると思ってのことだったのか。

「でも、大切な話って、そういうことでしょう?」

「話したかったのは確かに恋愛の話だが、百八十度逆だ」

俺はカップをテーブルの上に置き、青山に向き直った。

「今日まで付き合ってきて、俺はお前が好きだと思った。このまま付き合いを続けたいとも思っている」

信じられないのか、青山はぽかんとした顔をしていた。

「だが、この先付き合うなら、オトモダチじゃなく次のステップに進みたい」

「次のステップと言うと……」

「恋人だ」

惚けていた顔がパッと赤く染まった。

両手で持ったカップで顔を隠すかのように口を付ける。

「友人と恋人の違いを確認したくて、今日はお前を家に呼んだんだ」

「確認って……」

「キスしよう」

「は?」

驚き過ぎてカップを取り落としそうになったので、慌ててそれを取り上げる。

「友情と愛情の違いを確認するために、俺とキスしないかと言ったんだ」

「そ……、それは……」

「嫌なら止めるが」

「いえ! 嫌じゃないですけど……。してみて違ったってなったら……」

「そうしたらもう暫くオトモダチだな」

「付き合いは終わり、じゃないんですか?」

「終わりにはできない。もう俺は青山のことが特別に好きだから。ただの部下以上に好きだ、友達以上にも好きだ。だが恋人と同じくらいかと言うと、まだ未満だな。その一線を越えられるかどうかを確認したい」

俺は取り上げたカップもテーブルに置き、青山の手を握った。

彼の視線がそこに向く。

「キスしていいか？」

「は……、はいっ！」

ゆっくりと、顔を近づける。

青山は怯(おび)えるようにぎゅっと目を閉じた。

ああやはり睫毛(まつげ)が長い。

ふっくらとした唇もきゅっと閉じられているが、その感触はどんなものだろう。ずっと、触れてみたかったので、先に指で触れてみた。

あまり柔らかくないな。

引き結んでいるからだろうか？

だとしたら口元を緩めさせれば感触が変わるかも。

更に顔を近づけて唇を重ねる。

キス、できた。

相手が男であっても、キスできた。それどころかキスしたことに因って何かに火が点いた。

握っていた手を放し、右手で彼の頭に、左手で背中に手を回して抱き寄せる。

閉じたままの唇を舌でこじ開け、中に差し込む。

「あ……っ……」

舌から逃げるように彼が口を開けるから、一気に中を臨み、口の中を荒らした。

濡れて熱い。

柔らかい。

コーヒーの味が少し残っていたがすぐに消えた。

「は……」

ちょっと離れてから、再び口付けると、唇は柔らかくなっていた。だがその柔らかさより、
今は口の中の熱の方が心地よくて、再び舌を差し入れる。

彼の着替えを用意した時からわかっていたんじゃないのか？　キスなんて全然ＯＫだって。

問題はその先に進めるかどうかじゃないのか？

だとしたらもうそのハードルも超えられた気がする。

俺が唇を離すと、青山はくたりと仰向けに倒れかけた。それを支えて背もたれに寄りかから
せてやる。

「嫌だったか?」

青山は小さく首を振った。

「ひょっとしてファーストキス?」

「い……いいえ……」

胸の中にチリッとした嫉妬を覚える。

「前は誰とした?」

「……さくら組のありさちゃん……」

「幼稚園以来か」

「はい……」

それなら許そう。

「でもこんなのは……、初めてです。大人のキスだなって……」

「青山はもう大人だろう?」

口で息をしてる彼にもう一度、今度は軽くキスする。

「もっとキスしたい」

「い……、今、したじゃないですか」

「ああ。今したからもっとしたい。キスして、その気になったんだ」

「その気って……、キスしたい気持ちですか？」

「ああ。だがそれ以上のこともしたくなった」

「それ以上って……。その……」

セックス、と言いたいが、言うと生々しいか。

「お前の肌に触れたい。そのワイシャツの下がどうなってるのか見たい」

「つまんないですよ。男ですから」

「青山が男なのはよくわかってる。いまさら女みたいだとは言わないさ。男のお前の裸を見たいんだ」

「はだ……」

しまった、直球過ぎたか。

また真っ赤にさせてしまった。

「ダメならダメと言っていい。だがもし可能なら、この先も試したい。もちろん、お互い初めてだから少しずつでいい」

「眉村さんも初めてなんですか？」

「男はな」

「あ、そうですよね」

「童貞ではないぞ」

「はい、すみません」

恐縮されたが、男としてそこだけははっきりしておかないと。

「それで？　返事は？」

青山は身体を起こし、膝の上で拳を握ってじっと考えていた。

この時には、まだガツガツしていなかったので、俺は彼の返事を黙って待った。ダメだと言われたら、それもそれ。今日はキスができたのだから前進したことに違いはない。

酒でも飲んで一緒のベッドに入る、ぐらいを許してもらおう。

「……くれるなら」

意を決したように、青山は顔を上げた。

「お風呂を使わせてくださるなら、頑張ってみます」

頑張る、か。まあ童貞だそうだから当然か。

「いいぞ、先に入るか？　それとも一緒に？」

「一緒はまだハードル高いです！」

「そうか。じゃ、パジャマを出してやろう。この間と同じのでいいな？」

「あ、はい」

　パジャマと新しいタオルを取って戻り、手渡してバスルームへ連れて行く。

「上がるまで、リビングでビールでも飲んでる。お前の次に俺も入るから、上がったらここで飲んでればいい」

「あの、眉村さんが先でも……」

「風呂に入ってる間に逃げられるとショックだから、お前が先に入れ」

「逃げたりしません」

「じゃ、安心して待ってる」

　軽く頭を撫(な)で、バスルームの扉を閉じる。

　胸が、ドキドキしていた。

　青山の緊張が移ったのだろうか。手も、むずむずする。

　俺のは、緊張じゃないな、期待だ。彼のスーツの下をやっと見ることができるという。そしてキスができたという喜びも、じわじわと湧いてきた。

　いい齢(とし)した男が、たかがキスでこんなに喜んでどうすると自分で自分にツッコミたかったが、嬉しいものは嬉しい。

　唇、柔らかかったな。身体はさすがに柔らかいということはないだろうが、触れるのが楽しみだ。

ドアの向こうからバスタブに湯を張る音が聞こえる。扉一枚向こうで、彼は今服を脱いでいるだろう。

だがそれを見るのはもう少し後だ。

俺はキッチンへ行き、ビールを出して缶のまま口を付けた。

見もしないテレビを点けて、気を紛らわせながら青山を待つ時間は長かった。

やがて、青山が俺のパジャマを着て戻ったので彼の分のビールを出してやってから、入れ替わって自分が風呂に入る。

気持ちは急いていたが、丁寧に身体を洗ってから出た。

「青山」

彼の前には、露で濡れた缶ビールがそのまま置かれていた。

「飲まなかったのか？」

「酔ってたから、と思われたくなかったので」

「そうだな。酔い潰れられたら手が出せない。俺は少し飲んだが、缶ビール一本だから酔ってはいないぞ」

「わかってます、眉村さんはお酒に強いですものね」

「ベッドに行くか？」

声を掛けた途端、青山が硬直したのがわかった。突然持ち上げられた猫みたいに。

「ここで少し触れてもいいなら、ここでもいいぞ」

「少しってどれくらいですか？」

「手を握るところからかな？」

あからさまに彼がホッとする。

俺を性的な対象と思ってはいるけれど、童貞だからセックスには緊張してしまう、といったところか。

「じゃ、まずはここにしよう」

俺は青山の隣に座った。

「手を」

求めに応えて差し出された手を握る。

「指が細いと思ってた。手首も」

「そんなに細くないです。眉村さんの手が大きいんです」

「そうか？　まあバスケットやってたからな」

「ＮＢＡとか目指さなかったんですか？」

ジョークのつもりで言ったのだろう。さすがに俺でも、ここで故障したから辞めたと言ったら彼が更に恐縮するのはわかった。

「考えたことがなかったな」

両手で、彼の右手を弄り回す。

爪の形も綺麗だ。

顔を上げると、前屈みになっている青山の大きく開いた襟元から中が覗けた。それを狙っていたわけではなかったが、やはり俺のじゃデカかったな。

平坦な胸に小さな乳首まで見える。

触れたい。

が、触れたら逃げられるか？

「首に触っていいか？」

まずこのくらいからだな。

「はい」

顎の下、喉仏の辺りに触れ、ゆっくりと襟足の方へ手を回す。髪の中に手を差し入れると、まだそこは濡れていた。

「髪、ちゃんと乾かしたか？ドライヤー置いてあっただろう」

「使いました。でも、お待たせしちゃ悪いと思って」

耳に触り、耳朶に触れる。耳朶は柔らかかった。パン生地なんかで『耳たぶの柔らかさで』という言葉を聞くが、こんなに柔らかくていいのだろうか？

触り心地がよくてずっと弄ってると、青山からストップがかかった。

「くすぐったいです」

「嫌か？」

「嫌っていうか……。あんまり触られると痛くなるので」

「それは悪かった」

痛みを与えるのは得策ではないので、慌てて手を離す。

「またキスしていいか？」

「……はい」

許可を得たので、顎を取って上向かせ、キスをする。

風呂上がりだから、さっきよりもっと柔らかい唇。それとも、緊張が解けたのか？

「いちいち訊くのが面倒だ。したいようにするから、嫌だったら言ってくれ」

「はい」

パジャマの裾から手を入れる。

肌はすべすべで柔らかい。

脇腹に手を置くと、くすぐったいのか一瞬身を捩ったが制止の言葉はなかった。

それに気をよくして胸に触れる。

さっき見た乳首に指が当たった。勃った小さな突起は、指で触れると反発があるほどだったが、やっぱり柔らかかった。

指の間に挟んで、軽く摘まむ。

「う……」

掠れた声が漏れ、彼は俺のパジャマを縋るように握った。

「青山」

「……はい」

「どうやら俺はお前とセックスしたいみたいだ」

「……え?」

「隠しようもないから見てみろ。もう勃起してるだろう」

俯いたままの青山がそこを見たかどうかはわからないが、自分ではもう半勃ちになっている自覚があった。

「ベッドへ行こう」

「でも……」

「嫌か」

「期待に添えないかも……」

「もう期待以上だ。だから我慢ができなくなってきた。ここでもいいならこのまま続けるが、ベッドルームでならもう少し明かりも落としてやれるし、汚れてもシーツを替えればいいだけだから」

「でもあの……。立てないかも……」

「……ああ、なるほど。でも嫌じゃないんだな？」

「はい」

「それなら」

俺は彼から手を離して立ち上がると、青山をお姫様抱っこで抱き上げた。

「眉村さんっ」

「おとなしくしてろ」

「重いですよ」

「ベッドまでなら何とかなる」

軽いとは言わないが、運べない重さでもない。そんなことよりもたもたしている間に気が変わられる方が怖かった。

リビングの明かりを点けっぱなしにしたまま寝室へ向かい、抱いたままの彼にドアを開けさせて中に入る。

暗い寝室にはドアから入る廊下の明かりしかなかった。

薄暗い中、彼をベッドに下ろす。

枕元の明かりだけ点けて、ドアを閉める。

振り向くと、薄暗がりの中で、膝を曲げて横たわる青山の姿があった。彼に合うだろうと白いパジャマを渡したが、その白さが闇(やみ)に映えてそそる。

自分は黒いものを着ていたので、闇が光を侵すようだと思った。

案外俺もロマンチストだな。

「言うことはさっきと同じだ。嫌だと思ったら言え。俺もできないと思ったところで止める。多分、そうはならないだろうが。お前が嫌だと言ったら、そこで止めることだけは誓っておこう。どんな状態でも」

「眉村さんは……、本当に俺を好きになってくれたんですか？」

「ここまできて訊くか？　好きに決まってる」

「あなたは優しいから、俺に気を遣って相手をしてくれるんじゃないんですか？」

「優しさで男に欲情はしない」

「それなら……、いいです。好きにしてください」

俺もベッドに乗り、彼に覆いかぶさる。

許可を取らずにキスをし、パジャマの中に手を差し入れる。

滑らかな肌の感触を味わいながら下に手を伸ばす。

薄いパジャマの上からさっと触れると、青山は俺以上に臨戦態勢だった。これでは辛かっただろう。

彼が下を見ないでいいようにぴったりと身を寄せながらまたキスをし、そのまま頬に、耳に、顎に、首に、キスを移す。

上のボタンを外し、前を開け、ちょっと引っ張ると前がはだけた。

「う……」

白い肌に二つの点。

乳首にもキスして口に含む。

「あぁ……っ！　だめ……」

これは制止か？　約束は約束なので、一旦口を離す。

「嫌か？」

「あの……、俺……、もうイキそうです」

……え？　もう？

俺は容赦なく緩いゴムを擦り抜け、下着の上から彼に触れた。

「あ……っ」

寄せていた身体が震える。

「さ……わらないで……ください……」

限界そうだと判断し、離れがたいがベッドを下りてティッシュボックスを取って戻った。

何枚か取り出して手に持ち、再びパジャマのズボンの中へ手を入れる。今度は下着も引き下ろした。パジャマのズボンは脱がしていないので直接目にはしなかったが、手で握るとカチカチだった。

「眉村さ……」

「一回出せ。楽になる」

「やだ……っ」

「我慢できないだろう」

ティッシュで先端を包み、竿（さお）を握って揉（も）むと本当に簡単に彼は射精してしまった。

「あ……っ」

全身が弛緩（しかん）してゆくのがわかる。

「お前のモノを握っても、お前が射精したのがわかっても、全然萎えない。続けていいな?」

返事はなかったが、無言は肯定と受け取ることにした。

もう出ないだろうと判断してからティッシュを丸めてゴミ箱へ投げ入れる。

彼がぐったりしている間にパジャマのズボンを下ろしてたった今まで握っていたモノを直視した。

そこそこのサイズのソレはだらんとしていたが、俺が触れるとすぐにまた頭をもたげた。

「や……」

「恥じらいはわかるが、少しは俺のことも求めてくれ。でないと俺だけが暴走して襲ってるみたいだ」

再び身体を重ねる。

「ボタン……、痛いです……」

素肌に俺のパジャマのボタンが当たったのだろう。彼が呟いたので、俺も上を脱ぎ捨ててからまた身体を添わせた。

肌と肌が密着する。

この感覚はいつぶりだろう。

目の前に、恥じらって目を逸らし、唇を噛み締める青山の顔。目尻の睫毛が光って見えたのは涙が滲んでいるからだろうか？

なのにさっきの俺の言葉に反応したのか、手は俺のズボンを握っている。

ゾクゾクした。

この弱々しい存在を蹂躙（じゅうりん）したいという欲が生まれた。

可愛いから、大切にしてやりたいという気持ちもあるが、この無垢（むく）な身体を一番に荒らすのが自分でありたいという欲もある。

「あ……」

キスして、胸を舐（な）めて、吸って、肌を撫で、下肢に手を伸ばす。

もう先ほどと同じくらい硬くなってるモノを握って強く扱（しご）く。

「あ……っ、や……っ。ダメです……」

「出すならまた出せばいい」

「汚れる……」

「汚してもいい」

「いや……」

それならと身体をずらし、彼のモノを見る。

いけそうだ、と思って俺はそれを口に含んだ。

「あぁ……っ！」

と、同時に口の中に苦いものが広がる。

流石童貞、復活も早いがイクのも早い。慌てて口を離してティッシュを取り、中身を吐き出した。飲むのは無理だった。

「ごめんなさい！　ごめんなさい」

青山が身体を起こして謝罪する。

「いや、大丈夫だ。びっくりはしたが」

「でも……。こんな……」

「俺もそろそろだから、先に進んでいいか？」

俺も、パジャマのズボンを下ろし、中から自分のモノを引き出した。

青山の視線がそちらへ向く、今まで、俺の前で何度も赤くなった顔が、今度は一瞬で白くなった。

「……ご、……ごめんなさい」

「青山？」

「俺にはまだ無理です……。眉村さん……大きくて……」

俺も視線を落として自分のモノを見た。

その気になって膨張している自分のモノは、身体の大きさに見合ったサイズだった。

ネットなどで仕入れた情報では、男のインサートは尻の穴ということだった。つまりこのサイズを青山に突っ込むということだ。彼の後込み(しりご)はわかる。自分がされる側だったら、裸足(はだし)で逃げだしたくなるだろう。

「いや……。挿入しなくても平気だ。挿入(い)るのには準備もいるそうだし」

頭の中にローションとかジェルとか筋肉弛緩剤という言葉がぐるぐると回っていた。それを使えばできるかも知れない、と。だがウチにはそんなものはない。

着替えを用意するぐらいにはやる気だったが、そういった類(たぐい)のものを用意するほどガツガツしていたわけではなかったので。

「ただ、手を貸してくれれば」

次があれば用意しておこう。そのためにも今怖がらせてはいけない。

「は……、はい！」

「痛ッ！」

勢い込んで握られ、思わず声を上げてしまった。

「あ、すみません」

「自分のをするみたいにしてくれればいい。その間お前に触れさせてもらえれば」

「……はい」

もう一度彼の手が俺を掴む。怯えが残っているのか、ソフトな握り方で焦れてしまう。それでも、青山がシてくれてるというだけで興奮した。

もたれ掛かるようにして再び彼を押し倒し、両手の塞がっている彼の身体を貪る。

青山のことを色々言ったが、俺もいつもより早く達してしまった。

自分の出したもので汚れた彼の手を見てまた興奮したが、顔には出さずそっと彼を抱き締めただけで我慢した。

結局、その日はそれ以上のことはしなかった。もう心臓がもたないという彼の言葉を受け入れ、お互い触り合って、射精しただけで終わり。

だが一つベッドで眠ることはできた。

翌朝、俺が目を覚ました時にはもう青山は着替えていた。

だがその夜を迎えてから、自分達は恋人になったのだと互いに認識することができた。

青山も、もう俺が気を遣って合わせてくれてるとは思わなかったし、俺はただ、ただ、愛しさが募るばかり。

会社ではいつも通りで過ごしたが、帰りに一緒に食事をしたり、俺のマンションに呼んで二人きりの時間を過ごしたりもした。

ただ俺の大きさに怯えた青山と、怯えられたことで消極的になってしまった俺との距離は縮まらず。キスはする、ペッティングもまあまあする、けれどベッドインは無しの状態だった。

あと一歩。

もう一度彼の身体を思う存分味わいたい。

ちゃんと準備してインサートもしてみたい。

現状に満足はしているが、欲は消えないという状況の時に風太の一件が起こったので、俺は気が気ではなかったのだ。

もしかして、サイズの小さい男に鞍替えされたのではないかとか、真面目だからそっち系の男に相談しているのではないかとか、いろんなことを考えていた。

まあ全て杞憂だったわけだが。

俺の中には、まだ『青山の全てが欲しい』という欲望があった。

けれど、焦っては経験の乏しい青山には逆効果なのもわかっていた。

ここは大人の余裕を見せて、鷹揚に構えておかないと。

青山のアパートで颪太と会った翌日、昼飯を食いながら俺は青山に説明した。

「実は長岡と話をしていて、販促のノベルティに流行のマンガやアニメなんかの物を付けてはどうかって話が出たんだ」

会社近くの洋食屋、向かい合って食べるランチセット。

「だが俺はそういうものにはとんと疎くてな。長岡もあまり明るくないようだ。青山は？」

「俺もそんなには。ネットで話題になってるものぐらいなら耳に残ってますが」

「だろう？　だから颪太にリサーチを頼んでみようと思うんだ」

「小学校二年生ですよ？　幼すぎるんじゃゃ？」

「対象商品が子供向けのものならばドンピシャだろう。ブリックパック系の乳飲料とか、果汁系炭酸飲料とか」

「なるほど。でもその系列ではノベルティを付けるほどお金を掛けられないと言われるんじゃないでしょうか？　スーパーに卸す系のものは薄利多売ですし。コンビニ系だと十代の若者の好みになりますよね？」

「ノベルティじゃなくても、パッケージに使用するという手もある。もちろん、版権にもあまり金が掛けられないが、リサーチする価値はある」

「そうですね。パッケージのイラストだけでもコンプリートするまで買う人もいますし。友人が以前他社の缶コーヒーのアニメ缶をコンプリートしてました」

友人、か。いても当然なのだが、友人から恋人に成り上がった身としては少し気になるな。

「集めても捨ててしまうものなのに、ファンはありがたいな」

「いいえ。飲まずにそのまま取っておく缶と、飲んだ後で綺麗に洗った缶を全てパックにして保存してました」

「え？　なんで？」

「『嫁』が描かれているからです。彼はファンじゃなくてマニアなので」

嫁……。そういう人種がいるのは知ってたが、なかなか強烈だな。

「そういうファン……、じゃないマニアがいるものだと売上が伸びるかもな」

青山はいつになく厳しい目で俺を見た。

「甘いです、部長。マニアはものすごく大変なんです。パッケージに使う絵柄がイマイチだとSNSで叩いたりして、却って売上が下がるなんてこともあり得ますから、売れてるものを扱うのは気を付けた方がいいですよ」

何かわからんが、きっと彼はその友人の大変な一面を見てしまったのだろう。

「……わかった。注意しよう。となるとやはりクオリティにこだわらない低年齢層をターゲットにしたものにもリサーチ入れた方がいいだろう」

「そうですね」

「それに、そういう『仕事』を与えれば、風太の母親も気が休まるんじゃないか？　ただ隣人に迷惑かけてるだけじゃなくて、頼まれ事もされてるんだって」

「眉村さんって、本当に優しいんですね」

「そうでもない。仕事にすれば俺がお前の家に行く口実ができるというだけだ」

「口実なんてなくても、いつでも歓迎しますよ」

「じゃ、今晩行っていいか？」

一瞬返事が遅れたが、困惑しているのではなく照れているのは表情でわかった。

「いいですよ」

うん、悪くない。

すわライバル出現かと思ったが、風太の存在は彼との距離を縮めるいいアイテムになるかもしれない。

「じゃ、仕事のお願いをするんだから、風太に何か土産でも持って行こう」

食事を終えると、そのまま社に戻り、青山には過去にキャラクター物を使用したパッケージ変更やノベルティなどの資料を揃（そろ）えるように言い渡した。

その間に俺は商品開発のミーティングに出席した。

商品開発はまだ全然進んでおらず、ブレーンストーミングをするために各所のトップを集めただけだった。

ブレストと略されるブレーンストーミングは、大人数で意見を出し合うことで、ＫＪ法という出たアイデアをカードに記してカテゴリーごとに纏（まと）める方法で関連性などを視覚化する。

たとえば、女子受けというカテゴリーの中には、パッケージデザインとか、ＳＮＳ映えとか、お得感、美容と健康などの意見が出る。男性受けとなると大容量、健康増進、お得感などが出る。すると健康とお得感が重なるのでそこを中心にしよう、ということになるわけだ。

だが近年の多様化で、そう簡単に纏まるものでもなかった。

絶対的だったお得感も、そんなに一杯あっても飲み切れないからもったいない派というのも出てきていたから。

俺は一応子供受けの部分に流行のアニメマンガと書いた。

続けて長岡が、ゲームと書き込み、大人にも同じくゲームと書いた。

「課金ゲームのアイテムプレゼントは結構いけますよ」

「そういうのは眉村さんのとこでやってくださいよ。商品開発ですから、できれば味とか成分に関するアイデアをください」

と、二人揃って却下されてしまったが……。

午後一杯使った会議を終えて自分のデスクへ戻り、決済の必要な書類をチェックし、ようやく終業。

彼のアパートへの道はもう覚えたから直接行くことにして、俺は自社商品を幾つかと、子供用の菓子を買ってから向かった。

アパートのチャイムを鳴らすと、私服に着替えた青山がドアを開ける。

スーツは制服ではないが、Tシャツにカーゴパンツの姿はオフ感があっていい。

「ただいま」

冗談めかしてそう言うと、ほのかに照れて青山は「おかえりなさい」と応えてくれた。

「お茶でいいですか?」

「ああ。風太はまだか」

「はい。今日来るかどうかもわかりませんし。毎日預かってるわけじゃありませんから」

「そう言ってたな」

だが言ってる間にチャイムが鳴った。

「来たな」

まだ玄関先に立っていたので、俺がドアを開ける。

「こんばんわ！」

と勢いよく挨拶した風太の顔が、俺を見て強ばる。俺がデカ過ぎるからか。子供とは目線を合わせろ、と言われてたっけ。

俺はしゃがみこんで彼に声を掛けた。

「こんばんは、眉村さん」

「よう、風太」

彼が入って来た時の『今晩は』は『こんばんわ』と聞こえたが、今は普通の『今晩は』に聞こえた。

「よく覚えてたな」

「青山の上司だって言ってたから。今日はお仕事ですか？　俺、ジャマ？」

「仕事だが、ジャマじゃない。お前にも話があるんだ」

「……もう来ちゃだめ？」

「それは青山が決めることだが、きっと来ないと言ったら寂しがるだろうな」

風太の頭をわしゃわしゃっとやった時、青山が声を掛けた。

「二人とも、いつまでも玄関先にいないで中に入ってください」

「おう」

俺は靴を脱いで奥へ入ったが、風太はついて来なかった。

「ホントにジャマじゃない？　俺、一人でも大丈夫だよ？」

　キッチンにいる青山にお伺いを立てていた。

「ジャマじゃないよ。今日は眉村さんが風太にお話があるんだって。夕飯ができるまで、眉村さんとお話してて」

「うん、わかった」

　諭されて風太が来る。

「俺に話があるの？」

「ああ、そうだ。仕事の話だ」

「俺に？」

　俺は持ってきた自社商品をテーブルの上に並べた。

「これが俺と青山が勤めてる会社が作ってる商品だ」

　風太はそのうちの一本を手に取った。

「これ知ってる。学校の近くの変なばあちゃんちの前にある自販機に入ってた」

「飲んだことは？」

「ない」

　……キッパリ言われたな。

「自販機で売ってるジュースなんて買えないよ」

　ああそうか。彼の家にはその余裕がないのか。

「これは今日全部持って行っていいぞ。ついでにこれはプレゼントだ」

　買ってきた菓子を彼の前に差し出す。

「いらない」

「嫌いだったか？」

「貰う理由がないもん」

「理由ならある。話を聞いてくれ」

　俺は風太にわかり易いように言葉を選びながら、商品を売るために人気のマンガなどを参考にしたい。今子供達の間で流行ってるものが何だか知りたいと説明した。

　だから、風太にそれを教えて欲しい。それを仕事として依頼したい。仕事なのだから、ささやかだが報酬も出そう、と。

「俺が青山の仕事を手伝えるの？」

「ああ」

「いくら貰えるの？」

「金では払わない。欲しいものがあって、それが適正価格なら買ってやろう」

「てきせーかかく？」

「ふさわしいと思った値段、だ。今欲しいものは？　ゲーム機か？」

昨日来た時にゲームを楽しんでいたからそう聞いたのだが、彼は首を横に振った。

「いらない」

「じゃ、何が欲しい？」

「ブランドのバッグ」

「ブランド？　スポーツブランドか？」

「俺のじゃない。母さんが自慢できるような高いの」

「……それは無理だな」

親孝行な発言だが、風太は『自慢できるようなブランドバッグ』がいくらするか知らないのだろう。

「なんだ。つまんないの」

「お母さんに何か買ってあげたいのか？」

「自慢できるようなのじゃなきゃいらない。眉村さんのお礼ってジュースぐらい？」

ムカつく言い方だが小二の男の子ならこんなもんだろう。

「それよりはいいものを渡せるな」

「たとえば?」

「風太が使うカバンとか、高いケーキとか?」

「そんなもんか……」

　いきなり口が悪くなったたな。

「はい、まだ少しかかるからお茶ね」

　青山がお茶を持って来ると、風太はパッと立ち上がって彼に抱き着いた。

「青山、眉村さんが俺に仕事くれるって。青山と同じ会社のだよ」

「うん、そうだよ。風太、よろしくね」

「期待する?」

「する、する。ごほうびもくれるんだって。青山欲しいものある?」

「俺はいいよ。風太の欲しいものにしなさい」

　すぐに立ち上がれた瞬発力もすごいな、と思ったが、甘えてる姿がまるで親子(おやこ)のようで顔が緩む。

　風太は不在の母親に代わって青山に母性を感じているのかもしれない。

「ちゃんとお仕事するんだよ。俺達もちゃんと仕事をしてるんだから」

「わかった。ちゃんとする」

青山がキッチンへ戻ると、風太は今までの笑顔を消して俺の隣に戻った。

「仕事の話しよう」

真面目に取り組む気になったのか。

「俺、何すればいい？」

「そうだな、まず今学校で流行ってるマンガとかアニメの話を教えてくれ。それからゲームなんかも。できれば女の子のも知りたいが、それは無理か？」

「しってるよ。プリティスターズっていうヤツだよ。みんなお菓子買ってるって言ってた」

「ちょっと待ってくれ、メモるから。ポコモンとかは？」

「あんなの、もうあきた」

「風太の感想じゃなくて、みんなのが知りたいんだぞ。みんな飽きてるのか？」

問い直すと、風太はちょっと考え始めた。

「カードでやってるのはいるけど……」

子供らしい短気さはあるが、ものごとを考えることはできるらしい。

大人になって、小学校二年生は何もわからない子供だと思っていたが、自分が小二の時のことを思い出すと、結構色々考えていた気がする。

俺は単純だったが、特に女の子は既にコミュニティーが形成されていたし、家族のことを相談しあったりもしていた。

　成長がまちまちなのもこの頃だろう。いつまで経っても子供っぽいのと、大人顔負けの発言をする子供と。

　風太は丁度それが混在しているといったところかも。時々大人っぽい発言はするが、青山と話している時には甘えたがりの子供に見える。

「今すぐ全部は無理だから、明日学校に行ってみんなに今好きなものを聞いてみる」

「じゃ、また明日来るか」

「すぐにはムリだよ。たくさんの人に聞きたいんでしょ？　眉村さんはしばらく来なくてもいいよ」

　言ってから、風太はふいっと横を向いた。

「だって、眉村さんがいると青山は仕事しなくちゃいけないんでしょ？　俺、青山とゲームしたいもん」

「俺じゃダメか？」

「眉村さん弱いから」

　あまりゲームなんかしてこなかったからな。

　来なくていいと言われたのはなかなかショックだが、彼の言いたいことはわかる。会社の上司の前ではいつも子供と接するようにはできないだろう。それを感じ取っているのだ。

せっかく仕事を理由にここへ通えるかと思ったが、これは難しそうだな。

「ゲーム、するか？」

「仕事の話、終わり？」

「ああ。風太がちゃんと理解してくれたからな」

「俺、青山の役に立つ？」

「これをしっかりやってくれたらな」

「わかった、する。ゲームもする」

風太はすぐ立ち上がってゲーム機を取り出して準備した。

青山には懐いているが、俺はまだ部外者。余所余所(よそよそ)しくて当たり前だろう。

「ご飯、できたよ。ゲームは後にしなさい」

青山の声が響き、風太はすぐにゲーム機を戻した。

このくらいの子だと『やだ、ゲームする』とゴネるものだろうと思っていたのに、聞き分けのいい子だ。

「俺、手伝う」

と言ってキッチンへ向かうのも、家で母親の手伝いに慣れているからだろう。

敢えて本人に訊きはしないが、父親が母親に暴力を振るっていたことも、そんな父親でもいなくなってしまったということは、小さな子供にとって優しくない生活だっただろう。

その中で歪むことなく素直に育っているのを見ると、他人ながらほっとする。

「風太は大きくなったら何になりたいんだ？」

なので、食事の時につい親戚のおじさんみたいなことを言ってしまった。

「お金持ち」

こういう子供らしいところがあるのも可愛い。

「お金持ちか、なかなか難しいな」

「眉村さんはあんまりお金持ちじゃないの？」

「こら、風太」

慌てて青山が注意したが、俺は笑って流した。

「そうだな。普通かな。だが貧乏じゃない」

「眉村さんは普通じゃないですよ。あんないいとこに住んでて」

「青山は眉村さん家に行ったことあるの？」

風太の質問に青山が頷く。

「すっごく広いお家だったよ」

「ふーん」

風太は、羨ましかったのか、チラッと俺を見た。

「じゃ、俺はもっと大きい家に住む」

こういうとこも男の子だな。

「庭付き一戸建てだな」

「いっこだて？」

「一軒家ってことだ。うちはマンションだからな」

「じゃ、いっこだて！　青山もいっこだて好き？」

「うーん、どうかな」

「マンション？」

彼の住宅に対する条件には俺も興味があった。

「教えてやれよ、知りたいと言うんだから」

風太の質問に乗っかって、俺もせっついた。青山はこちらの意図を察したのかちらりと俺を見てから答えた。

「そうだな。広さとか庭とかには興味がないかな。キッチンが使いやすいとか、防音が利いてるとか。機能的な方が重要かな」

「きのうてき？」

「便利なのがいいってこと」

「ふうん」

そうなのか。

ウチのキッチンは、まあまあ使いやすいんじゃないか？　防音はバッチリだと思う。ということは、二年後に余ってる部屋に引っ越して来いと言い出せそうだ。

「青山は犬とか飼いたくないの？」

「犬かぁ。風太は犬好き？」

「俺じゃないよ、青山」

「んー、俺は猫派かな」

「ふうん」

年上の人を呼び捨てにするのは気になるが、そこは俺の知らない二人の関係性があるのだろうから口出しはすまい。

けれどさっきから自分に対する質問が一つもないのは少し寂しい気もした。

風太にとって、俺はまだ知らないおじさん程度の認識なんだな。青山に母性を感じているとしたら、外部の人間として邪魔者扱いされているのかも。

いや、ゲームは一緒にするし、攻撃的な言葉は向けられていない。さっきぞんざいな口を利かれたが、あれは子供特有のものだろう。

できればこの子とは仲良くしたいんだがな。青山に気に入られたいという下心もあるが、純粋に元気のいい子供は好きだし。

食事が終わって、ゲームをした時も、風太の意識は青山に向いていた。俺に対しては一応礼儀正しく接してはくれたが、興味はないようだ。

ちょっとした疎外感を感じながらも、風太が帰るまで三人で仲良く過ごした。もう少し親しくなれないかな、と思いながら。

青山との恋愛にも、風太との親交にも心は残るが、俺もそんなに暇ではない。

営業統括から売上の向上という命題が永遠に下される身だ。

翌日も青山のアパートに行きたかったが、そういうわけにもいかない。

「今日は終業後に長岡と支社の営業部の連中に会うが、お前はどうする？」

補佐である青山には同行の義務はない。が、できれば付いてきて欲しかった。これは下心ではなく、仕事として。

俺のそばにいれば俺の仕事を理解できるようになるだろう。

彼をそばに置きたいとは思うが、青山は一人の男として成長して欲しい。いつかは補佐の任を解いて一人で仕事ができるようになって欲しいのだ。

「それは……、業務命令ですか？」

「いや、誘い程度だ」

「それなら遠慮させていただければと……」

「風太か」

「はい」

「お前の善意はわかるが、川口さんからアテにされるようにならないようにしろよ」

「はい。それはちゃんと伝えてます。俺も仕事があれば留守にすることがあるって。それに川口さんは風太にあまり俺のところへ行くなと注意しているみたいです。でも俺が……、自分があのくらいの時、大人の男性にお父さんを重ねてたことがあったなって思って……」

風太の場合はお母さんなんじゃないか？　と思ったが口にはしなかった。

「線引きがわかってるなら何も言わん。今日風太が来たら例のアニメのこととか聞いておいてくれ」

「風太って誰？」

背後から突然抱き着かれ、その重みで前のめりになる。

「長岡、重い」

振り向かずとも声だけでわかる。

「青山の近所の子供だ。アニメのリサーチを頼んでる。例の販促の件で」

「ああ、なるほど」

「重いと言ってるだろ、手を離せ」

もう一度注意すると、やっと手が離れた。

「青山、ちょっと眉村借りてくから、後よろしく」

「おい、何だよ」

長岡は強引に俺を立ち上がらせた。

「今夜のことで話があるんだ」

「仕事か。仕方ないな。青山、定時になったら上がっていいぞ」

俺は引っ張られるようにオフィスから連れ出された。

「カフェ行くか？」

「外がいいんだが」

「まだ就業時間中だろ。外はマズイぞ」

「仕方ないな。じゃ隅に行こう」

言葉通り、カフェに行くとカウンターの一番隅に席を取った。人は少ないが、少ないだけに声が響きそうだ。それを気にするなら大切な用件なんだろう。

「で？　用件は何だ？　企画でも出したいのか？」

「実は仕事じゃなくてプライベートな相談だ。いや、仕事か？」

「どっちなんだ」

「どっちにしろ、緊急なんだ」

珍しく彼が真剣な顔で言うから、俺は口を閉じた。話せ、というように目で促す。

「実は、弟が大借金してることがわかった」

「弟って、今度結婚するとかって言ってなかったか？」

「今婚約中だ。親にも相手の女性にも秘密にしてるらしくて、俺に泣きついてきた」

「金額は？」

「五百万」

「ご……！　まだ社会人二年目だろう」

以前、青山と同じ齢だと言っていたはずだ。

「だからもう頭抱えちゃって」

「金を貸せってことか？」

「そんなこと頼まないさ。俺にだってそのくらいの蓄えはある。だが問題はウチのバカがそんなことをしたって事実だ。何に使ったのか、これからどうするつもりなのかを問いたださなきゃならない」

「どっから借りたって？」

「それも言わないんだ」

「それは……、ヤバいな」

「ヤバ過ぎだよ」

軽いチャラ男っぽい長岡だが、中身はしっかりした人間なのは知っている。だが弟の方は兄の表面上のチャラさだけを真似(まね)てしまっていて、彼も随分心配していたのだ。

「その上、彼女とはデキ婚になりそうなんだ……」

長岡は頭を抱え、俺はその肩を叩いてやることしかできなかった。

「コーヒー買って来るからちょっと待ってろ」

俺達がここで仕事の話をしてるのは周知の事実なので、サボリには見えないだろう。

自販機で買ったコーヒーを彼に渡し、続きを促す。

「で、俺から金を借りたいというんじゃないなら、何の相談だ？」

「まずは、今日の集まりを欠席させて欲しい」

「それぐらいなら別にいいぞ。お前の部署からいって、顧客に呼ばれたで通用するだろう」

「で、明日っから何度か、俺の代わりに顧客に挨拶に行って欲しい」

聞けば、長岡は今大型の飲食店チェーンにうちの飲料を卸す交渉をしているらしい。就業時間内に挨拶に行ければいいのだが、居酒屋系だと店が開く時間、つまり就業時間外に店を訪れることになる。

競合他社と差をつけるためには、それぞれの店舗の店長と親しくなり、現場の声としてウチを選んでもらうことを狙っているらしい。

弟との話し合いで顔出しができなくなると、せっかく繋いだツルが切れてしまう。なので一週間だけでいいから、自分の代わりに顧客のところに顔を出して欲しいというのだ。

「部内の人間には頼めないのか？」

「そしたらそいつの手柄になるだろ。それに、弟が無謀な借金こさえたなんて、社内にバレたくない」

世の中善意の人間ばかりではない。優秀な長岡の足を引っ張りたい人間もいるだろう。そういう連中に、身内に金にルーズな者がいるから長岡は信用しない方がいいなどと噂を流されては大変だ。

「頼む、信用できるのはお前だけなんだ」

手を合わせて拝まれ、俺はため息をついた。

外回りの営業は得意ではないが、できないことはない。こいつにはいつも世話になってるし、大切な友人だ。

「わかった。一週間だけだぞ」

「ありがとう……」

長岡は顔を上げ、ほうっと安堵の吐息を漏らした。

「俺が回るところを後でスマホの方にメールで送ってくれ。交渉の内容や相手のデータなんかもな」

「わかった。すぐ送るよ」

取り敢えず、簡単なことだけ打ち合わせして、俺は自分のデスクへ戻った。

「長岡さん、何だったんです？」

席に戻ると青山が訊いてきたが、これぱかりは彼にも話せないな。

「ああ、今日の集まりに参加できなくなったんで、上手いこと言い訳してくれってだけだ」

「俺、行った方がいいですか？」

さっき断ったのだから、行きたくはないのだろう。

「いや、今日のところはいい」

不参加を気に負わせたくなかったので手を振って断り、自分の仕事に戻った。

にしても……。

風太を理由に青山のところへ通おうかと思っていたが、これでできなくなってしまった。

考えようによっては、あの子に歓迎はされてなかったようだし、リサーチには時間がかかるとも言われていたから丁度いいのかも。

暫くは、恋愛より友情を優先させるか。

仕事に徹して会う時間が減っても、風太と会ってるなら浮気の心配もないわけだし。出社すれば顔だけは見られるのだから。

今は雑念を払って長岡に恩を売っておこう。

長岡の仕事ぶりには脱帽を禁じ得ない。

ナンパな性格でも、女性と遊んでいても、彼はやるべきことはきちんとやっていたのだと、彼の代理を務めて実感した。

会社の仕事が終わってから数軒の店に、自社の新製品やシーズン商品をサンプルとして配り、既存商品に対する感想などをリサーチする。

会社ならば日中の訪問ができるが、居酒屋等はわざわざ店が開いていない時間に訪れると迷惑だし、その時間は貴重な睡眠時間という人も多いので、店を開けたばかりのまだ客の時間が少ない時を狙ってゆく。

会社や、別の場所に呼び出して訊くと堅苦しい話になるが、店の中だと相手も気を許して色々話してくれるし、客が聞いてるかもしれないので言葉遣いが柔らかい。

長岡からそんな説明を受けて納得し、店舗を回った。

だが他人から必要な話を聞き出すのも、長い話を打ち切って退散するのも、結構大変だと気づいた。

今まで、顧客からのリサーチの報告は受けていたが、彼がこんなに苦労していたとは。

始めて三日で、俺は心からの感謝を長岡に告げた。

「いや、人それぞれだろ。俺は好きでやってるし」

彼は事もなげに言ったが、それでもこれが時間外労働だということに変わりはない。

「お前のリサーチ報告は、これからもっと感謝して聞くよ」

と頭を下げた。

弟の借金については、額が大きいので結局親と話をすることになり、過払い金請求の弁護士にも相談することにしたらしい。

何に使ったのかと細かく問い詰めたら、車と腕時計だったらしい。

ギャンブルや女ではなかったことに安堵したが、品物を返すか売るかして借金を返済しろと言う長岡と、絶対嫌だという弟とで、まだ戦いが続いているらしい。

週末には、青山を家に誘おうかと思っていた。

休日なら、母親も休みで風太が来ることはないだろうから、二人の時間が作れるだろうと考えて。

だが、慣れないことを続けていた肉体的精神的疲労で、とにかく休みたくて青山を誘うことはできなかった。

別に今週でなければ誘えないわけではないのだから、と自分に言い訳をして。

週が明けて出社し、青山の笑顔を見るとホッとした。

「お疲れですか？」

「ちょっと長岡に頼まれた仕事が合わなくてな」

「俺、手伝えます？」

「いや、大丈夫だ。そう長くは続けないから」

心配されるだけでも癒(いや)される。

しかし……。

「そういえば、風太がリサーチの書類の書き方を教えてくれって言ってきたんです」

「最近は大人の食べるものが食べたいとか言い出して」

「料理を教えてくれって言ってくるんです。お母さんに作ってあげたいのかな」

「勉強も見てあげることにしたんです。他の子は塾に行ってるらしくて、負けたくないって。男の子ですよね」

昼メシを食いに出たり、ちょっとした休憩の時でも、青山の口から出るのが風太の話ばかりなことに少し抵抗を覚えた。

彼としては、今まで隠していたけれど、俺が風太とのことを知ったことで話をしたくなったのだろう。彼にとっては可愛い弟みたいなものなのに、今まではその可愛さを話す相手がいなかったから。

その気持ちはわからないではない。

俺だって、青山の可愛さを誰かに伝えたい時はある。

嬉しそうに風太のことを話す青山を、最初は微笑(ほほえ)ましく思っていた。

けれど、幾ら子供とはいえ、毎日恋人に他の男の話を聞かされるのは、だんだん楽しくなくなってきた。

俺はもっと、自分と青山の話がしたいのに。

「懐いてくれると、ホントに子供って可愛いですよね」

笑顔でそう言われると、『もう聞きたくない』とも言えない。

「俺が子供の頃に、こんなふうにしてくれる人がいたらよかったなって思っちゃいます」

「子供の頃、大変だったか？」

「大変って言うか……。うちがおかしいっていうのはわかってて、それを誰かに話すのが怖かったんです。だから相談する人がいなくて。それに、母や姉に暴力が向かないように父に殴られる役だったから」

「殴られたのか？」

「少し。暫くは大人の男の人が怖くて、上手く人と話をすることも苦手でした」

今の青山からは考えられないな。

「だから、風太にはそんなふうになって欲しくなくて、大人の男の人でもいい人はいるよって教えてあげたくなるんです」

弟、というより過去の自分に対する救済なのかも。

だとしたら余計な『もう構うな』とは言い難い。

「最初、眉村さんに憧れていた時、父親に対する憧れかなって思ってたんです。こんな立派な人が自分の父親だったら、幸せだったろうなって」

「……俺は父親か？」

不満げに言うと、彼は苦笑した。

「最初は、です」

「今は？」

「……わかってるのに訊かないでください」

少し赤くなる頬に、満足した。

父親に照れたりはしないだろう。

もしかしたら、俺が想像するより、青山の子供時代は辛いものだったのかもしれない。彼は自分の子供の頃の話をあまりしない。

両親が離婚したとは聞いていたが、それぐらいなら今時珍しいことでもないから気にしていなかった。

別れた父親がＤＶだったと言うのは先日初めて聞いたくらいだ。

それがどれほどの暴力だったのかとか、どれだけ長くそんな生活だったのかは未だに教えてくれない。

彼にとってそれが辛い思い出なら、しつこく訊くのも悪いだろう。

だがいつか、ちゃんと訊いてみよう。話すことで彼の心が軽くなるかもしれないし。

「それより、風太がこの間テストで百点取ってきたんですよ。わざわざ報告に来てくれて、将来は偉くなって俺を養ってくれるって」

俺もこの報告を、仕方がないと思えるようになるだろう。


一週間、という約束だったが、長岡の代理は十日続いた。

それでも何とか務め上げ、長岡に役目を返却することができた。

長岡からは感謝の言葉と、次回俺が何かあった時には無条件で協力するという約束を取り付けた。

特に頼むことなど思いつかなかったが、これでやっと肩の荷が下りた。

青山と向き合う時間が取れる。

出掛けることは無理でも、まずは帰りに食事でも誘おうと声を掛けた。

声を掛けるのはオフィス内なので、まずはさりげなくだ。

「青山、今日は暇か？」

「すみません、今日も直帰です」

しかし返事はこうだった。

「風太か？」

「はい、今すごくやる気が出てて、勉強中なんです」

満面の笑みでの応答。

「この間から勉強教えてたら、先生に褒められたそうで。子供のやる気ってムラがあるから、やる気のある時にしっかり教えておこうかと」

「……そうか。それは大変だな」

相手は子供。

嫉妬する必要はない。

頭で理解はしていても、寂しい。

まだ自分だって疲れも取れていないのだし、ここは諦めよう。

そう思ってその日は彼を見送った。

しかし、その翌日も同じ理由で帰られてしまうと少し気分が悪かった。

はっきり誘ったわけではないが、風太優先か？

俺は恋人だろう？　恋人が『暇か？』と訊いたら誘いだとわかるだろう。なのに子供を理由に帰ってしまうのか？

心が狭い自分に嫌気がさす。

彼はただ子供を可愛がっているだけだし、今はそれに夢中になっているだけだ。はっきりとした誘いならばきっと違う返事が来たはずだ。

人前で誘ったのに断られるというのを三日続ける気にならず、三日目は黙って見送った。

けれどイライラは募った。

「風太、頑張ってるんですよ」

と聞かされると、自分だって頑張ってると言いたくなる。

そんな子供じみたことは言えないが。

ここは大人の余裕で我慢しよう。

週末になり、今度こそと思ったが、断られ続けたのでまずどうするのかと聞いた。

「母と姉が出掛けるので、その間姪(めい)っ子の面倒見てくれって頼まれてるんです」

これは無理が通せない理由で断られた。

「田舎に住んでるんだっけ？　何か用事でも？」

「母の検診に姉がついて行くんですが、子供は病院ではおとなしくしてないからって頼まれちゃって」

「お義兄さんは？」

「義兄は仕事です。農業なんで休みナシだから」

と言われればそれまでだ。

結局、この週末も一人でマンションで過ごすしかなかった。

早くこの先に進みたいのに。

準備は万端なのに。

だが彼の心を無視して前に進むのは自分が善しとはしない。一緒に『その気』になって欲しいのだ。

なんてカッコいいことを言っておきながら、悶々として週を跨いだ後、青山の顔を見たら自分の我慢の限界に気づいた。

「今日も風太と待ち合わせか？」

「待ち合わせというわけじゃないですけど、多分来るんじゃないかなって。ここのところ毎日来るので」

俺は仕事の合間に上司と部下としてしか接する機会がないのに、あの子供はたっぷり甘えてるのかと思ったら、つい言ってしまった。

「今日はお前のところに行ってもいいか？」

それは試すためでもあった。

風太と二人きりで過ごしたいのか、あいつを優先させるのか、それとも俺を迎えてくれるか。

けれどその悶々とした気持ちは杞憂でしかなかった。

「来てくれるんですか？」

パッと輝いた顔。

「そろそろ風太のリサーチの報告も欲しいしな」

理由をつけると少しガッカリした顔になる。

「まだ出来てないみたいですけど、それだとまた次の機会にします？」

偽の理由に対して求めるものがなければ俺の訪問もなくなるのかも、という不安の言葉。

「それじゃ、会って直接催促しないとな。仕事には締め切りがあるってことを伝えないと。それに、また青山の作ったメシが食いたい」

「お好きなもの、作ります」

俺が行くとわかって、再び嬉しそうに微笑（ほほえ）む顔。

青山が、表情のわかりやすいヤツでよかった。

俺の不安は彼の笑顔で簡単に消える。

「それじゃ、ショウガ焼きにするか。俺は薄切り派だ」

「薄切り以外あるんですか？」

「厚切りの肉でポークジンジャーソテーみたいなのもあるだろ。あれも悪くはないが」

「俺、それは知らないです。うちのは薄切り肉とタマネギです」

「いいね、好物だ」

「好物ですか？」

「男は大抵そうだろう」

うん、よしよし。

いい感じの会話だ。

「部長、青山の家に行くんですか？」

「正確には、青山の家に来る子供に会いに行く、だな。俺の回りに子供がいないから、子供向けのリサーチを頼んでるんだ」

川谷(かわたに)の突然の質問にも、余裕をもって答えることができる。

「ああ、なるほど。それでお手製のショウガ焼きが付くなら羨ましい限りです。俺も誰か作ってくれる人がいないかな」

「今日のは仕事だ。それに、青山の部屋はそんなに広くないだろ？」

「そうですね。アパートですから。でもそんなに食べたいならお弁当ぐらいなら作ってこられますよ？」

「マジ？」

「やめとけ、青山。一人に作るとみんなから頼まれるぞ」

俺だってまだ青山の弁当を食べたことはないのに、川谷なんぞに先を越されてたまるか。

「川谷には、今度俺が上手いショウガ焼きの店に連れてってやろう」

「やった！　俺、覚えてますからね」

「お前が成果を上げた時に御褒美で、だな」

「ハードル上げましたね」

「当然だ。だがその時は奢りだぞ」

「うーん、美味しいような、美味しくないような」

笑って青山を見ると、何故か少し暗い顔に見えた。もっとも、それは一瞬だったが。

「俺だって昼を一緒にしても奢ってもらえてないのに。いいな、川谷さん」

そんなことが羨ましかったのか？

「お前も、いい仕事をしたらいつでも奢ってやるぞ」

そうじゃないだろう。こう言っても表情が変わらないのだから。

「じゃ、頑張らないと」

俺が行くと言った時には喜んでいたのに、どうして突然その喜びを消したんだろう。俺が何かヘマをしたのか？　川谷の態度か？

ここでは訊けないのでそれ以上は何も言わなかったが、気にはなった。

なので、仕事が終わって退社し、夕食用の買い物も終えて二人でアパートに向かう途中に訊いてみた。

「青山はいつも俺が奢ってやると言うと遠慮していたが、やっぱり奢って欲しかったか？」

これが見当違いな質問なのはわかっている。この話題の時に表情が変わったので、外堀から埋めてゆくつもりなだけだ。

「え？　そんなことないです」

「だがその話題が出た時にあまりいい顔をしてなかったから」

「違いますよ。奢ってもらいたくはないです。俺はなるべく眉村さんと対等でいたいんです。依存するのも怖いですし」

「そうか、それなら俺が嫉妬丸だしだったのが嫌だったのか？」

今度は自分のマイナス面をさらけ出す。彼が口を開きやすくなるように。

「嫉妬？」

「俺はまだ青山の弁当を食ったことがない」

青山は笑って、それから視線を落とした。

「俺のも嫉妬なのかな……。眉村さんが今日来てくれるのが仕事のためだって言われて、ちょっとガッカリしてしまったんです」

この作戦は成功だったようだ。

そんなことを言われては、今まで我慢してきた理性がグラグラと揺れてしまう。

「眉村さんが来てくれるっていうだけで嬉しいはずなのに」

その一言で、理性は欲望に大きく傾いた。

「青山」

もうアパートは目の前だ。なのに我慢できなくて、彼の腰に手を回した。

「眉村さん、だめです。こんなところで」

「じゃ、あそこにしよう」

そのまま彼を階段の陰に連れ込む。

「眉村さん」

「我慢の限界だった。先につまみ食いだ」

そして彼にキスした。

「だめ……」

拒みながらも抵抗しない彼に、もう一度。今度は逃げられないようにしっかりと抱き締めて深いキスをする。

「止めてください」

三度目をしようとした時、彼に足を踏まれた。

「嫌だって言ってるのに」

「だめとは言われたが、嫌とは言われてない」

「嫌です」

強く言ってから、彼は小さく続けた。

「……こんなところじゃ」

「わかった。部屋に入ってからにしよう」

俺はすぐに抱いていた手を解(ほど)き、彼を解放した。

「もう……。横暴上司」

文句を言いながらも彼の耳が赤くなってるのに気づいたし、急いで階段を駆け上がってゆくのは同じ気持ちだからだろうともわかった。

後を追うように階段を上り、カギを開けた青山に続いて部屋に入る。

買い物の袋をその場に置いて、抱き合ってキスをする。

青山の手は、遠慮がちではあったが俺の背に回った。

彼も、俺を欲しがっていたのだとわかっていい気になり、唇だけでなく頬や耳にもキスをしていた途中で……、チャイムが鳴った。

風太か。

残念だが風太が来ることはわかっていたのだからしょうがない。

甘い気分を消して、俺は彼の肩を叩いて奥へ向かった。

「こんばんわ」

前と同じように元気な風太の声。そうか、彼の『今晩は』は『こんばん』と『わ』の間に僅かな切れ目があるから『こんばんわ』と聞こえるんだな。

子供にありがちな、言葉の意味を理解せずに使うからイントネーションが微妙になるというやつだろう。

「今日は眉村さんが来てるよ。俺は夕飯作るから眉村さんと話をしてて」

「……青山、大丈夫？」

「何が？」

「困ったことがあったら俺に言えよ?」

「そうだね、困ったことがあったらね」

キッチンでの会話が聞こえ、風太が奥の部屋に来る。

「よう、久しぶりだな」

親しみを込めて挨拶すると、風太は俺に突進するように近づいてきた。

いや、実際突進してきて、俺の脚を蹴(け)った。

「痛っ、勢いよすぎるぞ」

「セクハラオッサン」

ん?

「よく聞けよ。青山は俺がヨメにするんだから、手を出すな」

んん?

「何を……」

風太は俺を睨(にら)みながら顔を近づけ、小声で言った。

「嫌がる青山に何してたか見てたんだぞ」

……しまった。

キスしたところを見られてたか。

「ホントはケーサツに言いたいけど、青山がだまってるからガマンしてやる。でもまたやったらタダじゃおかないぞ」

いや、セクハラは警察が取り扱う事案じゃないぞ、という突っ込みはおいといて、これはマズイ。

「何を言ってるのかわからないな」

「トボけんな」

また脚を蹴られる。

子供の力でも結構な痛みがあった。というか、子供だから力加減がわからないのだろう。

「オトナなのにしちゃいけないことがわかんないのか」

「お前な、青山は……」

俺の恋人だ、と言いかけて止めた。青山がそれをこの子に知られることを望まないだろうと思って。

それに、もしこの子の口から母親にそのことが知らされ、母親から近所に知れ渡ったら、青山が苦しむ。

「お前な、くだらないことを言い触らすんじゃないぞ」

俺は風太の頭を摑んで押さえ付けた。怒っているのではなく、これ以上蹴られないために。

「言うわけないだろ。ヒガイシャでも悪く言われるんだ。何にもしてなくても、何か悪いところがあったんじゃないかって」

その言葉に、胸が痛む。

それは母親が言われて来た言葉なのだろう。小二の子供が『被害者』なんて言葉を覚えてしまうくらい、母親は周囲からその言葉を受けていたのだろう。

言われる度に、この子の前で悲しい顔をしたから、この子はそれは触れてはいけないことだと学習したのだ。

「何？　プロレスごっこ？」

睨み合ってるところへ、青山がコーヒーを運んできた。

「はい、風太のはミルクと砂糖が入ってるからね」

風太は俺の手を振り払い、屈んでテーブルの上にカップを置く青山に抱き着いた。

「ありがとう。やっぱり青山はサイコーだよ。俺、いつか大きくなったら青山をヨメにするからね」

……このガキ。

「はい、はい。いつか、ね」

青山の返事に、風太は『聞いたか？』という顔で俺を見た。青山は俺のプロポーズに『はい』って言ったぞ、という顔だ。

「ご飯作らなきゃいけないから離して。眉村さんが仕事の話があるんだって」

あしらわれると、急に不安げな顔になりながらも風太が手を離す。

その顔が怖かった。風太が怖いんじゃない、この子から青山を取り上げることが怖くなってしまった。

小二ということはまだ八歳ぐらいだろう。母親に甘えたいさかりだ。その母親に甘えてはいけないとセーブして、その分を青山で埋めようとしているのだとしたら?

青山を奪って、誰にも甘えられなくなってしまったら?

青山は、風太を可愛がる理由に、何度も自分の時には甘える大人がいなかった、頼れる人がいなかったと言った。

今もその傷は残っているのだろう。

知らないならまだしも、風太の事情を知った上で大人になっても残るような傷を作ることになるかもしれないと思うと、怖かった。

「風太、俺のことを嫌うのはいいが、仕事はちゃんとしろ」

俺は、自分達が恋人だと言うのはやめた。

「人に任されたこともちゃんとできないヤツは青山も嫌いだと思うぞ」

青山の名前が出ると、風太はムッとした。

「偉そうに」

「『偉そう』じゃない、『偉い』んだ。俺はお前に仕事を頼んだ。お前はそれを受けた。風太を紹介したのは青山だ。お前が仕事を途中で放り投げるなら、俺は青山を叱る」

「青山は関係ないだろ」

「今言ったことが理解できないか？　青山は関係があるんだ。そして仕事というのは途中で投げ出してはいけないものだ」

「俺がやらないと、青山が怒られるの……？」

「そうだ」

「会社でも？」

「そうだ」

「オッサンのオーボーじゃなくて？」

「お兄さんと言えと言っただろう」

オッサンは地味に傷つくんだ。

「それが嫌なら眉村でもいい。俺だけじゃなく、この仕事にかかわってる人間みんなに迷惑をかけることにもなる」

それほど大事ではないが、子供にわからせるための嘘は許されるだろう。

「眉村のためになんか仕事しない。でも、……青山のためならする」

「いいだろう。取り敢えず、今どこまでできてるのかを報告しろ」

「……ちょっと待ってて。眉村が来てるって知らなかったから、家に置いてある。すぐ取ってくる。すぐだからな、変なことするなよ」

言うと、風太は立ち上がって部屋を出て行った。

「風太？」

キッチンで、心配そうな青山の声が聞こえる。

「リサーチの結果を取りに行っただけだ」

「ああ」

理由がわかると、何事もなく料理を続けた。

にしても……。

風太が俺を敬遠してるのには気づいていたが、まさか恋のライバルだったとは。てっきり母性、もしくは父性を求めて懐いているのだとばかり思っていた。

してみると、前回暫く来なくていいと言ったのも、俺を牽制していたセリフだったわけだ。

「持ってきた」

風太は言葉通りすぐ戻ってきて、テーブルの上に紙を広げた。

「これが男の、こっちが女の好きなヤツ。マンガとテレビとゲームとネットの動画と、それぞれ調べてある」

「ネットの動画か。それは盲点だったな」

「今時はテレビよりネットだぞ」

「そうだな。よく気が付いた」

「お前に褒められても嬉しくない」

と言いながらも、風太はまんざらではない顔をしていた。

「じゃ詳しく説明してもらおうか」

青山から手ほどきを受けたという風太のリポートは、まあまあのものだった。エンピツ書きの文字は読みにくかったが、項目別にちゃんとパーセンテージまで書いてある。

小二なのに凄(すご)いなと言うと、そこは青山がやってくれたと正直に言った。

夕食ができて、一日中断したが、俺は風太はとても頭のよい子なのだと実感した。

状況が人を大人にすると聞いたことがあるが、父を失い、母を守るために頑張っているうちにこの子は大人になったのだろう。恐らくまだ擬態ではあるだろうが。

ショウガ焼きも、美味かった。

これが毎日食えたらいいな、と思うくらいに。

「今、上級生にもきいてるんだ」

青山が同席しているからか、その後の風太は以前と同じく行儀のよい子供だった。

「上級生に声を掛けるのは嫌じゃないのか？」

「通学の班長さんに頼んだ。面白いからやってくれるって。でも六年生だけだよ。班長さんが六年だから。四年の石井ってのにも頼んだんだけど、めんどくさいって断られちゃって」

「いや、他の学年まで調べてくれるとは思わなかった。思った以上のことをしてくれた」

褒められなれていないのか、風太はふいっと顔を背けたが、すぐにこちらを向いて窺うような視線を向けた。

「俺がいいことすると青山がほめられる？」

「ああ。青山、いい子を紹介してくれたな」

「俺の手柄じゃないですよ。風太が優秀なんです」

ちょっと前まで、この団欒は家族のようだと思っていたが、今では対象を挟んで睨み合う恋のライバル、か。

俺がいることに警戒心を強めたのか、風太はなかなか帰ろうとはせず、母親からのメールが届いてやっと腰を上げた。

まだ青山より母親の方が優先されるようだ。

「眉村も早く帰れよ」

「あしたも会社があるからそうするさ。お前の仕事について少し話をしてからだがな」

「絶対だぞ」

捨てゼリフのようにそう言って、彼は帰っていった。

「風太、眉村さんのこと呼び捨てになってましたね。仲良くなったんですか？」

「そこそこな。それより、カギをかけてこい。キスの最中に踏み込まれたら困る」

「またそんなこと言って」

それでも、青山は玄関のカギをかけに行った。

戻った彼を抱き締めてキスをする。

「ショウガ焼き、美味かった」

「それはよかったです」

「だがお前も食いたい」

「何言ってるんですか」

「ずっと触れられなくて寂しかった」

「会社で毎日……」

言葉をキスで止める。

「会社じゃキスできない」

「そうですけど……。キスされると困ります」

「隣に風太がいるから？」

今それに気づいた、という顔をされて失言だったと反省した。

「違うなら何でだ？」

畳み掛けてその考えを彼の頭から追い出す。

「キスされると……、もっと触れて欲しくなるからです……」

頬を染めて白状され、風太とのやり取りで一旦冷却した欲がまた湧き上がる。

「触っていいなら触る」

「だめです」

「本当に？」

抱いていた手で、尻を撫でる。

「あした会社だって眉村さんが言ったじゃないですか」

「触れるくらいなら支障はないだろう」

「そうですけど……」

そりゃ最後までできるのなら今すぐしたい。だがここでは用意もないし、初めてをなし崩しにするのも望まない。

「……俺が我慢できなくなるのが怖いから」

意図してやってるなら、結構な小悪魔だ。

「じゃ、もう一度キスを」

彼を壁に押し付け、深いキスをする。

唇を離すと、今度は耳を舐め、首筋にキスした。

「キスだけって……」

「キスだろう？　どこにとは言わなかった」

「屁理屈（へりくつ）！」

ワイシャツのボタンを外し、胸元にもキス。青山はいつも制止はするが抵抗しない。それが俺をつけ上がらせる。

自分の忍耐力の限界にチャレンジする気分だ。

もう少しイケルかと乳首にキスしたところで脳天チョップを食らった。

「眉村さん！」

上気して色っぽい顔で怒る青山は、初めて抵抗した。

「離れてください」

抵抗されてるのに続けることはできなくて手を離すと、彼はそのままトイレへ駆け込んだ。

「……言ってくれればしてやったのに」

呟いてから、今のはエロ親父発言だったと反省した。本当にセクハラにならないように気を付けないと。

俺はまだ我慢できたので、トイレの前に行くと軽くノックした。

「青山、悪かった。今日はこれで帰る」

「眉村さん」

「いい、わかってる。出てきた時に気まずいだろ？　今日はキスだけで満足しておく。風太の仕事の話はあした会社でしょう」

「……はい」

俺は脱いでいた上着を羽織り、彼が出てくる前に部屋を後にした。

扉一枚向こうで青山が頑張ってる姿を想像する、なんてアブナイことを考える前に。

人間にとって、理性というものは必要だと思う。

大人には余裕と気遣いが必要だ。

子供は大切にするべきだし、辛い状況にある人間には優しくするべきだ。

わかってはいても、我慢できないということだってある。

「何だ、暗いな」

カフェで、いつものミーティングのために長岡を待っていると、やって来た彼に開口一番そう言われた。

ごまかすこともできたが、俺は盛大なため息をついて『その通り』と示した。

「何だ、深刻な話か？　だったら聞くぞ。この間の礼だ」

「長岡、俺はお前の秘密を握ってる」

「……何だよ」

「だからお前が俺の秘密をバラしたらこっちもそれを暴露する」

長岡はムッとした顔をした。

「そんな脅しをかけなくたって、ダチの秘密をベラベラ喋ったりしない」

「お前が喋るとは思っていないが、態度に出て周囲に気づかれるかもしれないから、そこまで含めて秘密にして欲しいってことだ。信用はしてる」

今ので少し機嫌は直ったようだ。

「回りくどいな」

「それくらいの秘密だ」

「わかった。約束しよう。脅されなくても、その重大な秘密が他人に気取られるようなこともしなければ、他人に話すこともしないって。で？　どんな秘密？」

俺は周囲を窺った。

今日はセンターのテーブルでプチミーティングをやってる五人と、データチェックをしてるらしい女子社員が一人だけか。

どちらもこの声が届く距離ではない。

それでも用心して、俺は彼を手招いた。

「恋愛で悩んでる」

「は？　お前が？」

「長岡、声」

「ああ、スマン」

大きくなった声を咎めると、彼は素直に謝罪した。そして小声で続けた。

「本気？」

「本気だ」

「相手は誰？」

「それは言えない」

「お前の想い人を取ったりしないぞ？」

「その心配はしていない」

「恋人になったのか？　片想いか？」

「一応恋人だ」

「一応？」

聞き返されて、訂正した。

「恋人だ」

「だったらみんなに言えばいいのに。余計なアプローチは減るし、他の男性社員にもチャンスが出る」

「俺はお前ほどモテてないよ」

「知らぬは本人ばかりだな。なんで言えない？」

「相手が男だからだ」

流石（さすが）に、長岡も言葉を詰まらせた。

「お前に偏見があるのなら、これ以上は言わない。聞きたくないだろうから」

「いや、偏見はない。だがお前がそっちだとは知らなかった」

「俺もだ」

「好きになった相手がたまたま男だった？」

「向こうから告白のようなものをされて、可愛いと思ったから友人から付き合うことにした。そのうちに……」

「恋愛に発展した、か」

「ああ」

「それで？　相手からの告白なら気持ちが通じないって相談じゃないんだろ？　世間体を気にしてるとかか？」

「いや。その辺りはもういいんだ。ただ、ライバルが出て来て……」

「恋人なら、こいつは俺のモノだと言えばいいだろう？」

「それが言えないんだ」

「何故？」

「相手がまだ子供で、傷つけたくない」

小二とは言えなかった。

さすがに気にし過ぎだと笑われると思って。

「高校生ぐらいか？」

「相手は子供を武器に懐いてくるんで、くっつくなと言えない。初めは俺も子供扱いしてたし、懐いてることも気にしてなかったんだが、最近ちょっと……、ベタベタし過ぎて。子供に嫉妬するのもおかしいと思うが、やはり気になるというか」

「ガキ相手に嫉妬してることに悩んでるってことか」

「多分そうだ……」

あの翌日、俺は再び青山のアパートを訪れた。

これは純粋に仕事として、だ。

風太からもらったデータを整理し、グラフ等を作って形を整えたのでそれを見せてやろうと思ったからだ。

風太は立派な書類になった自分の成果に喜んだ。

自信もついたようだった。

そして青山に抱き着いて、「俺すごい？」と訊いた。

当然青山はベタ褒めだった。

抱き着いたのには少しもやったが、まあ子供だしと思って流した。

しかしその後、風太はこうねだったのだ。

「じゃチューして」

青山は彼の真意に気づいていないから、笑った。

「男の俺にキスされてもいいの？」

「うん。だって青山好きだもん」

風太はためらうことなくそう言って頬を突き出した。

そして、俺の目の前で青山は風太の頬にキスしたのだ。

わかってる。相手は八歳の子供だ。八歳の子供に『チューして』と言われたら、俺だってしてやったかもしれない。

だがそれは子供が子供として求めていれば、だ。

風太はキスしてもらった後、自慢げな笑みを浮かべた。

それだけじゃない。青山が席を外すと。

「眉村は無理やりだけど、俺は青山からしてもらったぞ」

と言ったのだ。

階段裏でキスした時、青山が『だめ』とか『嫌』と言ったのを聞いていたのだろう。

俺のいない間にもっといろんなことをしてるのではないかと不安になるが、毎日通うわけにもいかない。

毎日のように青山から嬉しそうに風太の話を聞かされ、自分がいない間に二人がベタベタしてるかもと考えては気落ちする日々なのだ。

「その相手の男、本気なのか？　たとえばお兄さんのように慕ってるとかじゃなく？」

「ヨメにする宣言をしてた」

「お前との関係を知ってて？」

「いや、知らない。俺のことは上司だと……」

言いかけてハッと口を押さえた。

「なるほど、社内恋愛か。そりゃ輪を掛けて秘密にしなきゃ、だな」

長岡はにやにやと笑った。

「相手、当ててやろうか？」

「何だよ」

「青山だろう」

「……何でそう思う？」

隠していたつもりだが、ダダ漏れだっただろうか？

「簡単さ、お前の部下で、お前の一番近くにいて、お前が可愛がってる男と言ったら一人しかいない」

「俺が『上司』と言わなかったら？」

「気づかなかっただろうな、お前もだが、青山もそういうタイプに見えなかったし。ってことはあっちから告白したのか？」

「突っ込むな。俺が相談したいのは、ライバルを意識しないで、安心できる方法があるかってことだけだ」

「そんなのはないさ」

長岡はあっさり否定した。

「ない？」

「当然だろ。恋すりゃ誰だって独占欲が湧くし、嫉妬もする。しない方がおかしいんだから。だが相手が子供なら、興味が他に向くのを待つんだな」

「興味が他に、か」

「高校生なんてやりたい盛りだから、クラスの可愛い女の子に目移りするかもよ？　真性だったら、親友とか、先生とか」

長岡の中では相手の子供は高校生認定されたようだ。誤解だが、それは解かないでおこう。小学生相手とバレたくない。

「若いというのはそれだけで興味のアンテナがあちこちに向くようにできてる。新しくそいつの興味を惹くものを投げてやればすぐに食いつくさ。齢を取ってからの方が病は深い」

「……それは俺に対する当てこすりか？」

「どうかな？」

その時、女子社員の一団がカフェに入ってきた。

テーブル席に陣取ったが、視線はこちらを向いている。

俺と長岡のペアに、興味津々という目だ。

「これ以上相談があるなら、夜に酒でも飲みながらにしよう」

「奢らないぞ」

「先日の礼の一環だ。これもな」

長岡はわざと俺にもたれかかり肩を組んだ。

新しく来た女子社員達の色めきたつ声が聞こえる。

「これのどこがお礼だ」

「お前の相手を見えなくするための煙幕だ。そして、お前の意を決した告白も、やっと恋人ができたという驚き以上のものは何もないという証拠だ」

長岡は先に席を立ち、まだこちらを見ている女子社員達に手を振った。

「俺の眉村を狙わないでね。俺なら狙ってもいいけど」

軽いな……。だがその軽さが女性にはウケがいいようだ。

「長岡さんから誘ってくださいよ」

と甘ったるい声が飛ぶくらいだから。

俺も席を立って、戻ることにした。

戻ればまた青山から風太との話を聞かされるんだろうな。

「何か新しく風太の興味を惹くもの、か」

それを真剣に考えてみようかな、と思いながら。


青山の部屋であんなにゲームに興じていたのに、ゲーム機を買ってやると言ってもいらないと言ったのは、ゲームをしに行くという理由を潰されたくなかったからだろう。

子供の注意を惹くためにはゲームが一番いいと思われるが、それをしたら嫌がらせと思われるだけだ。

かといって野球やサッカーの用具をあげても、近所の子供達は塾に行っているといっていたので、やる相手もいない。

青山を相手にさせて屋外で健康的に過ごさせることも、二人が会うのが夕方以降では無理がある。

第一、もし何かあって風太がケガなどしようものなら青山の責任になってしまう。

ネットで『小学校二年生　プレゼント』と検索までかけたが、どれも子供っぽくて大人びた風太には喜ばれそうもなかった。

考えて、考えて、ようやくこれにするかというものが決まった頃、青山から風太の伝言が入った。

「六年生の分も纏(まと)めたので、渡してくれるそうです」

「俺に直接?」

「俺から渡してって言われたんですけど、仕事を頼んだのは眉村さんですし、風太も眉村さんに褒めてもらうの嬉しそうでしたから」

そうか?

「きっと、眉村さんのこと、お父さんみたいに思ってるんですよ」

いや、それはないだろう。

「こんなこと言っちゃいけないのかもしれないですが、風太、俺に眉村さんに酷いことされてない？　って訊いたんです」

あのガキ。思わず咳き込んでしまうじゃないか。

「もちろんされてないって言いましたよ。でもそれって、眉村さんのことお父さんみたいに思ってて、でも父親の暴力が忘れられなくて不安になってるんじゃないかと思って」

……すごいな、青山。

見事な斜め上だ。

「俺を父親と思うくらいなら、お前の方が父親だろう」

「だめですよ、俺なんか全然貫禄ないですもん。ご飯作ってあげたら、ヨメにしたいですよ」

可哀想に、風太。お前のプロポーズは全く通じてないぞ。同じ男として同情だけはしておいてやろう。

「俺なんか、ホントいいところがなくて……」

「いっぱいあるだろ。だが今は仕事中だ、この話はここまでにしておこう。今日は風太に会いにそっちに行くから」

急に自信がなくなったような言葉に引っ掛かったが、オフィスでは何も言えない。アパートに行ってから聞いてやればいいだろう。

「はい。じゃ、風太にメールしておきます」

「アドレス交換したのか?」

「はい。川口さんのと同期するのでSNSじゃなくてメールにしました。俺が風太と何をやり取りしてるか知らせておいた方がいいと思って」

　口説き文句でもメールされたらムカつくと思ったが、母親のチェックが入るのなら、風太もおかしなことは言い出さないだろう。

　風太へのプレゼントを買いに立ち寄るから、また直接アパートへ行くからと先に帰るように言って俺はまた仕事に戻った。


　風太に買ってやろうと思ったのは、謎解きの本だった。

　頭の回転が速く負けん気のある彼にはぴったりだと思って。そしてもう一つは子供向けのドローンだった。

　男の子はギミックが好きだろうと思って。

　アパートに到着すると、買い物に時間がかかってしまったので風太の方が先に来ていた。

　楽しい青山との二人きりの時間を邪魔された、という顔で迎えられる。

「はい、コレ」

俺が座るより先に、先日と同じくリサーチを纏めた紙を差し出される。

いかにもさっさと帰れ、だな。

「どれ、見せてもらおう。今日はお礼も持ってきた。風太がお礼の望みを言わなかったから、適当に買ってきたぞ」

大きな紙袋に、風太の鼻が膨らむ。

「俺に？」

「約束しただろ。仕事をしたらお礼をするって」

「誰が選んだの？」

「俺だ」

「えー、眉村？」

不服そうな顔をしていたが、紙袋の中身を見るとパアッと子供らしい顔で喜んだ。

本はイマイチだったが、ドローンは大正解だったようだ。

「カメラついてんの？　これどうやって動かすの？」

「わからん、説明書が入ってるだろう」

「眉村使えないな」

「説明書を読んでやることはできるぞ。ただし、必ず外の広い場所で使うこと、人がいるところでは飛ばさないと約束しろ」

「小さいから家でも大丈夫だよ」

「ダメだ。物を壊したり人にケガをさせたらお母さんが怒られるんだぞ」

その一言は効果覿面(てきめん)だった。

「わかった。でも今開けていい？」

「いいぞ」

包装紙をバリバリと破って箱を開けると、「わぁ！」と声を上げ、すぐに俺の視線に気づいてふいっと横を向いた。

「これ室内向けって書いてるじゃん。室内向けって家の中ってことでしょ、外じゃなくたっていいんじゃん」

「そうなのか？　どれ」

「ほら、ここ」

風太は説明書を見せてきた。こういうところは子供らしいんだよな。

「本当だな。どれ、スマホと同期させるってあるからそれはやってやろう」

「すぐ飛ぶ？」

「バッテリーに充電させなきゃダメと書いてあるぞ。青山、ＵＳＢケーブルあるか？」

「すぐ出します。飛ばすのはご飯食べてからだね」

「えー……」

「その間に本読んでれば？」

「眉村と話してるよりは本のがいいや」

まあ俺も報告書を読まないといけないからその方がいいが。

その日は、食事が終わると風太はずっとドローンに夢中だった。

三十分充電して、飛ばせるのは十分程度のようなので、充電待ちの時には本を読むというベストな組み合わせだったようだ。

これで好感度が上がったかな、と思ったがそう上手くはいかないようだ。

「もうこれで仕事終わりだから眉村はこないよね？」

このクソガキめ。

「眉村さん来なくなると寂しい？」

誤解したままの青山が訊くと、彼は「ぜんぜん」と答えたが、青山は強がってるなという顔をしていた。

「俺、青山だけのがいい。青山とケッコンするんだから」

「男同士じゃ結婚できないよ」

「知らないの、青山。今はできるとこがあるんだよ」

今時の子供はどっから情報を仕入れてくるんだか。

多分ネットだろう。

ネットワークの海には子供に見せたくない情報も色々漂っているから。

「俺はお金持ちになって、使いやすい大きな家建てて、母さんと青山と三人で暮らすんだ」

……だんだん遠慮がなくなってきたな。

「金持ちになるためには勉強もしっかりしないとな」

ささやかな厭味を言うと、風太はフフンと鼻を鳴らした。

「青山に勉強教えてもらってるから、俺、塾行ってるヤツよりテストの点数いいんだぞ。それに頭よくないと安い学校に行けないいから頑張るんだ」

後半は泣けるセリフだな。

母親のために、学費の安い学校へ行こうと小学生が考えるなんて。

以前聞いた話からして、父親から逃げてるふうだったから養育費の支払いもないのかもしれない。生活が苦しいことを、風太はわかっているのだ。

大人が子供にはわからないと思っていても、子供はしっかりと理解している。

「だから待っててね、青山」

甘えるように青山に抱き着く姿は、微笑ましくも腹立たしい。

「充電終わったぞ、風太。飛ばさないのか？」

「やる！」

だがすぐにドローンに興味が移る。

長岡よ、確かにお前の言う通り、他に興味を惹くものができれば青山から離れてくれるかもしれないな。

「青山、見て、見て。もう上手くできるよ」

はしゃぐ声を聞きながら、複雑な気持ちだった。

俺はどこまで我慢ができるだろうか、と。


青山を、愛している。

風太は可愛い。

それは偽りのない気持ちだ。

青山と一歩先に進みたい。

風太は可哀想で何かしてやりたい。

それが自分の欲望と希望。

だがマイナスな欲もある。

青山に、その子供より俺を優先しろと言いたい、風太に、彼は俺のものだと言いたいというものだ。

様々な感情が渦をなし、我慢の限界も近いと自覚しながら決着がつけられない。

「煮詰まってるな」

と長岡に言われてしまうほど、それが表に出ているようだ。

「煮詰まってる」

指摘を認めるのは弱気になっているからだろう。

会社帰りの居酒屋で、俺は初めて相手が小学生であることを伝えた。

長岡は驚き、笑った後で真剣に対峙してくれた。

「大人だったら戦える、若者だったら威嚇もできる。だが子供では事実を告げてウサ晴らしで周囲にバラすかもしれないし、心に傷を残すかもしれない。本当のクソガキだったらどうでもいいが、結構いい子なので傷つけたくない。簡単に忘れて次に行ってくれるほど幼くもない。

自分は何もできないのに目の前で子供とはいえ恋愛感情を持ってるヤツに恋人とベタベタされてフラストレーションが溜まってる。まあ大体そういうことだな？」

友人の的確な説明に、頷いた。

「今日も青山は真っすぐ帰ったんだな？」

「風太が来るかもしれないからな」

「毎日来てるのか？」

「いや、来ない日もあるらしい。だが来るかもしれないから家にいたいと。最初に見つけた時、玄関のドアの前でしゃがみこんでる姿を見たのが印象に残ってるんだろう」

「それはカギを忘れたからだろう？　カギを持ってれば自分の家の中に入れるじゃないか」

「自分の知ってる子供が、家の中で一人でいるとわかってたら、声掛けしたくなるのは当然だろ？　自分が何もしなかったから事故が起きたとか想像しないか？」

「俺はしない。マンガ読んでテレビ見てればあっと言う間に時間が過ぎるだろ」

「風太は外に遊びには行かないが、おとなしい子じゃないからなあ」

「もし事故が起こったとしても、それは親の責任だ。面倒見きれないなら、公的機関に頼ればいい」

「それは俺も言ったが、離婚した夫がＤＶで逃げてるらしいんだ」

「眉村は優し過ぎる」

「そんな善人じゃない。強く出て青山に嫌われるのが怖いだけだ」

「向こうが好きになったんだろ？　強く出たっていいじゃないか」

ビールでスタートした酒宴が焼酎に変わり、二軒目のバーに移った頃には、お互いの価値観の違いがよくわかった。

俺は自分が我慢しても誰も傷つけたくないが、長岡は筋を通せば自分の望みを叶えていいという考えなのだと。

どちらがいいとか悪いとかではなく、考え方が違うので、彼の意見は参考にならないというのもわかった。

長岡もそれに気づいたのだろう。こうしたらいいと言うより、大変だったなという同情と慰めに変わった。

静かなバーのカウンターの隅。

腹は居酒屋で膨れたので酒だけをゆっくりと味わう時間。

このまま終わりを迎えようとした時、長岡が言い出した。

「子供を傷つけず、青山と上手くやる方法を考えついたぞ」

そう言われても、ここまでの間で考え方の違いを感じていたので、それがよい方法かどうか訝しんだ。

「大丈夫、簡単で定番な方法だ」

「お前が女性相手に使ってる方法は俺達には合わないかもしれないぞ」

「男でも女でも通用するって」

彼は水割りの追加をオーダーしながら得意げに言った。

「旅行するんだよ」

「旅行？」

「そう。個室露天風呂付きの山奥へ。二人っきりの旅行」

二人っきりの旅行……。

「物理的に青山を子供から離して、いつもと違う空間での二人きりの時間。なあに、会社の連中には俺が一言言ってやるさ。地方の特産飲料のリサーチ、スーパーでの販売状況や種類のリサーチを頼んだって。そうすりゃみんな二人は仕事で行ったたって思うさ。ま、経費では落ちないだろうが」

長岡の話を聞きながら、俺の頭の中では浴衣を着た青山の姿が浮かんでいた。

窓の外に広がる庭を眺めながら一杯やって、ほろ酔いの青山と風呂に浸かる。準備万端に整えて、夜にはノリの利いたシーツの上で彼をゆっくりと味わう。

なかなかのアイデアじゃないか。

「いつもと違うってだけで、雰囲気は抜群だ。有休を取ればゆっくりできるだろ？」

「長岡が彼女を口説く時の常套(じょうとう)手段か？」

「本命の時だけな。失敗したことはほぼない」

「ほぼってことはあるんだ」

「相手が飲み過ぎて潰れた」

告白を受けた時、青山も酔い潰れていたな。それを考えると酒については注意しておいた方がいいだろう。

「参考にさせてもらう」

「旅行に行くことが決まったら教えろよ。口裏合わせてやるから」

「オススメの旅館やホテルはあるか？」

「自分で調べろよ。他人が使ったところじゃ嫌だろ？」

「それもそうだ」

そういうことに詳しくはないが、今はネットで条件を入れて検索すれば一発だ。

「長岡。上手くいったら、これでこの間の一件はチャラでいい」

彼が、まだ俺に対して責任を感じているのに気づいていたから、俺は言った。

「いいのか？　アイデアだけだぜ？」

「アイデアは物品よりも有益さ。俺にとっては特に」

　彼は穏やかな笑みを浮かべた。

「親友が本気の恋に出会えてよかったよ。前にも言ったが、俺は同性でも気にしない。今時は自治体が動いてパレードが練り歩くくらい当たり前のことだし、青山はいい子だ。ただ、俺は女の子の方が好きだけどな」

　ウインクが似合ってると思えるのはこの男ぐらいだろう。

　俺も手にしていたグラスをからにすると、もう一杯頼んだ。

　いい友人がいてよかった、と感謝して。


　勤めに入ってから、出張であちこち飛び回りはしたが、純然たる遊びで旅行に行くことは殆(ほとん)どなかった。

　思い返してみても、家族旅行で無理やり連れて行かれた時と、当時の上司と諍(いさか)いを起こして憂さ晴らしに出掛けた二回くらいだろう。

旅に出掛けることが嫌いなわけではない。

学生時代は友人達とツーリングで出掛けたり、地方の美味いものを食うためだけに出掛けたりもした。

ただ入社してからは仕事が楽しかったので、出掛けて疲れを引きずるのは面倒だと思ったからだ。

だが、青山と二人で旅行というのなら話は別だ。

会社の人間や知り合いに見つかることのない場所で、二人で並んで歩ける。彼の寝顔を見ることもできる。

朝から晩まで、くだらない話をして、ゆったりとした時間が過ごせる。

まだ一緒に風呂に入ったことはないが、温泉ならそれも自然にできるだろう。

長岡の提案を受けてから、俺は理想的な宿を探すことに専念した。

人里離れた静かな場所で、ちょっと豪華で、個室の露天風呂があってメシが美味いところ。

旅行会社のサイトを幾つも検索し、これだと思うところを見つけてから、俺は青山を昼飯に誘った。

会社近くの定食屋。青山は相変わらず風太の話をしていたが、今日は自分のことで頭がいっぱいだったので、気にはならない。

食事が終わると、食後のコーヒーが飲みたいからと喫茶店へ向かった。

打ち合わせなどで使う者がいるのでまだ残っている、カフェではなく昔ながらの喫茶店だ。

そこで俺はおもむろに話を切り出した。

「今度、一緒に旅行に行かないか?」

青山は一瞬意味がわからないという顔をした。俺に旅行に誘われることを想像もしたことがなかったのだろう。

「俺とお前と二人で、旅行に行こうと言ってるんだ。月末は忙しいから、来週辺りどうだ?」

やっと意味が通じて、青山は頰を染めた。

「それって二人でってことですか?」

「今そう言っただろ」

「仕事じゃなくて? 出張とか」

「違う。お前と二人で過ごしたいと思ったんだ」

確かな手応えを感じて、俺は続けた。

「いい宿を見つけたんだ。静かなところで、露天風呂のある」

「眉村さんが探してくれたんですか?」

「ああ。どうだ? 行くか?」

返事はイエスしか想定していなかった。

だって、見ろ。

照れたように頼んだアイスコーヒーのストローを弄る彼の顔には喜びしか……なかったのに、急に困ったような顔になった。

「来週は……、行けません」

「どうして？」

「その……、川口さんが休日出勤だと聞いたので、風太を動物園に連れて行く約束をしちゃったんです」

……また『風太』か。

「すごく楽しみにしてて、急に行けないとは……。再来週はダメでしょうか？」

その翌週となると、月末が近いからのんびりと旅行なんてできないだろう。

更に延ばすとなれば、来月になる。来月になると、シーズンの切り替えでうちの部署は忙しくなる。

「仕事のスケジュール的に先に延ばすのは難しいだろうな」

青山は項垂れてしょんぼりとした。

「眉村さんと旅行には行きたいです。でも……」

「いや、いい。突然言い出した俺も悪い。先約があるなら仕方がない」

「もう、ダメですか？　次はないですか？」

彼が、泣きそうな顔で訊いてきたので、少し溜飲は下がった。

「いや、仕事のスケジュールを考えて、また計画しよう。今度は二人で」

「すみません……」

「俺が勝手に考えたことで気にするな。お前の行きたいところも訊いてなかったしな」

「俺は、眉村さんと一緒ならどこでも」

「そう言ってくれて嬉しいよ。だがこの話は一旦ナシにしよう」

「……はい」

落胆し、申し訳なさそうにしている青山を見ても、それ以上何か言ってやることはできなかった。

楽しみにしていたのだ。断られることなど考えていなかったのだ。

しかも断られた理由がまた『風太』だ。

流石の俺も、苛立ちが湧く。

「それじゃ、これを飲んだらすぐに社に戻ろうか」

「今入ったばかりですよ？」

「旅行の話をするためだけに入ったから、もう話し終わったでいいだろう」

らしくない厭味まで出てしまう。

「すみません……」

慌ててアイスコーヒーを飲む青山を見ながら、自分も料簡が狭いと反省した。反省はするけれど、どうにもできなかった。

笑顔を浮かべ、何でもないフリをしてやるのが精一杯だった。

他人の子供と俺とどっちが大切だ。俺の恋人になりたかったんじゃないのか？　今は俺のものじゃないのか？

そんな言葉を口にしないようにするのに努力が必要だった。

会社へ戻ると、俺はオフィスに青山を残し、長岡のところへ向かった。

成功報告と思って笑顔で近づいてくる友人に、俺は一言だけ「ダメだった」と言うと、すぐにそのまま立ち去った。

「眉村」

彼は追ってきたが、俺は足を止めなかった。

「どういうことだ？」

「子供と先約があったそうだ。もういい」

「嫌いになったのか?」

「ばかな。あいつのせいじゃないのに。ただ、自分でも驚くほどがっかりしてるだけだ」

長岡は俺の肩を軽く叩くと、「次があるさ」とだけ言って、戻っていった。

次はあるだろう。

来月になったとしても、それより先になったとしても、青山と旅行に行くことはできる。

旅行の誘い自体は喜んでくれていた。断らなければならないことで落胆し、すまないと謝罪もした。

ただ、俺は自分の期待がはずれたことがショックなだけだ。何よりも自分が優先されなかったことが悔しいだけ。

それだけ、自分が青山に惚れていたのだと自覚しただけだ。

八歳の子供に嫉妬するほどに。

「眉村くん」

頭を冷やすために、資料室へ向かおうとしている途中で名前を呼ばれて振り向くと、商品統括本部長だった。

これは無視できないな。

「何でしょう」

「ちょうどよかった。君のところへ行く途中だったんだ。去年の桃のミルクティーのデータが欲しくて」

「メールを送ってくだされば、すぐに送れますよ」

「いや、紙で出して欲しいんだよ。お茶屋に出すんでね」

「ご老人ですか」

茶屋、と言うのはお茶の農家のことだ。農家の人間は年配の人が多く、資料を渡す時には打ち出しの紙で渡すことが多い。

「紅茶のでいいんですか？」

「ああ、日本産の紅茶を売りにするつもりで、入手ルートの拡大を計画していてね」

「桃のミルクティーがついてたものだけでいいんですか？」

「できれば紅茶系の飲料全部が欲しいんだが、去年はあれが一番売れただろう」

「ですね。フレーバーティーは期間限定にすると売れ行きがいいですから。数年分の紅茶飲料のデータ、全部出しましょうか？」

「いや、明日九州のお茶屋に行くから、手間はかけられないんだ」

「今日中に纏めてメールで送りましょう」

「いいのかい？」

「難しいことじゃありません」

「そうか、じゃ頼む」

「わかりました」

軽く会釈して本部長と別れると、俺は自己嫌悪に陥った。

データを呼び出すことは簡単だが、それをお茶屋を口説く材料として纏めるためには多少時間がかかるだろう。

わかっているのに引き受けたのは、悪いことを考えたからだ。

「青山、商品統括からの依頼だ。紅茶系飲料のここ五年分の販売データを出してくれ。ノベルティ付きや季節限定商品も。それぞれに纏めて『旨み』を乗せた資料を作ってくれ」

「はい」

「今日中に、だ」

「はい」

悪いこと。

それはささやかな嫌がらせ。

今日も、風太は来るかもしれない。だから青山に残業を命じて、風太にも『期待が裏切られる』ことを味わわせてやりたくなったのだ。

仕事だから、仕方がない。約束していたわけではないのだし、青山は文句を言わなかった。

だから、これはささやかな意趣返しだ。

ただ、自分の心の狭さに自己嫌悪を覚えるだけだった。


思った通り、資料作りは残業になった。

「俺も手伝おう」

優しげな言葉をかけたのは心の中で後悔を覚えたからだ。

時間が経つにつれ、子供じみたことをしていると反省した。

なので二時間ほどの残業が終わると、突然仕事を頼んだ詫びがしたいからと彼を食事に誘った。

「風太が待ってるかな?」

断られるかもしれないと探りを入れる言葉を向けたが、青山はそれを理由にはしなかった。

「いいえ、この時間にいなかったらきっと自分の家でご飯を食べてるでしょう。俺も腹ペコで家までもちそうもありませんし」

「必ず食事を食べさせるというわけじゃないのか」

「風太はゲームをやりに来るんです。今は勉強ですけど。食事は川口さんがお金を置いていくらしいので、俺がいなければお弁当を買ってるはずです」

詳しく訊くと、青山の家に来た時にはちゃんと母親に連絡し、その金は親に返すらしい。

あまり頻繁に来るようになったので、最近ではその金を纏めて食費として渡してくれるようになったようだ。

「あまり世話を焼き過ぎると川口さんの負担になるかもしれませんね」

「アパレル系に勤めてるんだったな」

「アパレル通販だそうです。だから注文が多いと遅くなるらしくて」

ということは発送か何かをやっているのだろう。

食事は、残業を命じたからと言ってちょっといいレストランへ連れて行った。

青山は遠慮したが、俺が肉を食いたくなったからだと強引に決めた。

「旅行の代わりに二人だけでの食事だ」

気分を軽くさせるつもりで言ったのだが、青山は俯いてしまった。

責めたと思われただろうか?

慌ててフォローしようとしたが、その前に彼が言った。

「食事と旅行は全然違います。旅行、行きたかったです」

単純だな。

たったそれだけのことで機嫌が直ってしまうなんて。

「そうだな、これを代わりにしたら旅行に行かないと言われるな。今日のは残業のお詫びだ。そして旅行はさっき言ったようにちゃんと計画を立ててから改めてしよう」

「残業は仕事ですから、当然のことです」

「他の人間でも、突然の残業を言い渡したらメシくらい奢るさ。ただ、グレードはもっと低いがな」

青山の素直さが、俺を慰めてくれる。

彼が自分を好きでいてくれると実感させてくれる。

子供との約束でも約束は約束、守るべきことだと思っている。俺との旅行には行きたかったのだと口にする。

仕事はきちんとする。

彼には、駆け引きなどないのだろう。真っすぐで、隠し事もない。

こういうところが、好きなのだ。

「帰りに、お前のアパートに寄ってもいいか？」

「いいですけど、もう遅いですよ？」

「このまま店を出てサヨナラじゃ寂しいと思ったから、コーヒーの一杯でも飲ませてくれ」

「……コーヒーだけでいいんですか？」

「泊まって行きたいが、明日も会社があるからな」

泊まる、と言うと彼は照れたように下を向いた。

「ですよね。俺の部屋は狭いですし」

ということは、期待してくれたのだろうか。俺が泊まっていくかもしれない、と。

「来週、旅行は無理でも夜に俺のところへ来るか？　夜なら予定は入ってないんだろう？」

「……はい」

「嬉しいな、楽しみだ」

食事を終えると、二人で電車に乗って青山のアパートへ向かった。

もう何度も訪れた彼の部屋。

だが他の来訪者がいない、という状況は初めてだ。

「コーヒー、濃いのがいいですか？」

「いや、薄くていい」

コーヒーを淹れてもらって、二人並んで座る。

「青山。これもまた唐突な話かもしれないが、ここの取り壊しが決まってるなら、俺のところへ引っ越して来ないか？」

いつかは言うつもりだった。だがまだ言わないつもりだった。

なのに、二人きりでいたら、ふいに伝えたくなってしまった。

まだ風太のことを気にしていたのかもしれない。

違うな、自分が本気で青山に惚れてると自覚したからだな。

子供ならまだいい。焼き餅を焼いても、青山がその気にはならないだろうから。けれど離れている間に他の人間が出てきたらと思うとそばに置きたかった。

彼はもともと女性も大丈夫だったようだし、今俺という男を好きなのだから、ライバルは男女含めてだ。

俺がこんなに惚れるような人間なのだから、他のヤツだって心惹かれるかもしれない。

不安を抱えるくらいなら、先にちゃんと伝えてしまった方がいい。

「ここの取り壊しは二年も先ですよ？」

「ああ」

「二年後も、俺と付き合ってくれるんですか？」

「お前は別れるつもりだったのか？」

「俺は……、俺みたいな人間が眉村さんにずっと好きでいてもらえる自信がないから……」

「俺は二年後もお前を好きでいる自信がある」

彼の肩を抱き、引き寄せて顔を近づけ唇を重ねる。

「一人暮らしがいいというなら我慢するが」

「我慢なんですか？」

「そうだ。我慢だ。俺はずっと……」

お前を手に入れることを我慢している、と続けようとしたのをチャイムに邪魔された。

……風太か。

彼を抱いていた手を解き、目で『出ていいぞ』と玄関を示す。

「すいません、ちょっと」

意図してるのか、していないのか、本当に的確に邪魔をされるな。

ため息をついてコーヒーに口をつけたが、すぐに何かが変だと気づいた。

『こんばんわ』がない。

「……いえ、今日は仕事で……」

来客に答えている青山の口調も、風太に対するものとは違う。

俺は立ち上がって玄関に向かった。

「どうした?」

背後から声を掛けると、青山が困惑した様子で振り向いた。

「風太が、帰って来てないそうです……」

それを告げたのであろう来訪者は、真っ青な顔で涙を浮かべていた。

短く切り揃えた髪に薄い化粧。スーツを着た眉のきりっとした美人。一目見て、彼女が風太の母親だとわかった。

「川口さん、こちら俺の上司の眉村さんです」

彼女は手にしていたハンカチで涙を拭きながら頭を下げた。

「先日は息子に大層なものを贈っていただいて、ありがとうございます」

声が震えている。

「いや、あれは風太くんに仕事を頼んだお礼です。それより彼が戻ってないとはどういうことです? 学校から帰ってないんですか?」

問いかけると彼女はまた涙を零した。

「いいえ。今日は私も早く戻るからと言っておいたので、家におりました。でも私が……、私が再婚したいと言ったら、家を飛び出してしまって……。あちこち探したんですが、見つからなくて……」

「友人の家では？」

「私……、あの子のお友達も知らないんです」

「警察には？」

「まだ……」

「眉村さん、川口さんは大事にしたくないんだそうです」

例の別れた夫のことか。

「私達も捜してみましょう。だが、あと一時間捜して見つからなかったら、警察に届けることをお勧めします。何かあってからじゃ遅い」

「何かって……」

「不安をあおるようなことは言いたくないが、子供は思いも付かないことをします。無事ならばそれでいいが、後悔しないようにした方がいい」

彼女は黙って頷いた。

「青山、風太の行きそうな場所に心当たりは？」

「ないです。お友達は塾に行ってるからあまり遊ばないと言ってました。一番行くのはうちだと思います。だから川口さんも来ていないかと」

「確か、集団下校の班長の六年生が親しいようなことを言っていたな。連絡先はわかりませんか？」

「わかりません……。私、あの子のこと全然わからなかった……。母親失格なんだわ……」

「颪太くんはあなたを好きでしたよ。だから失格だなんて思わなくていいです。俺達が外を捜しますから、あなたは家にいてください。彼が戻ってくるかもしれない。青山、スマホでこの辺りの地図を出せ」

「はい」

「川口さん、今日は息子さんにお金を渡しましたか？　食事代を」

「いいえ、今日は一緒に食事を……」

「彼は普段から自由になるお金を持ってましたか？」

「いいえ。貯金箱はありますが、突発的に飛び出したので、お金は持っていないと思います」

「眉村さん、地図出ました」

差し出されたスマホに目をやり、俺は颪太が行きそうな場所をチェックした。

飛び出したばかりではどこへ行ったか見当もつかないが、いなくなってから暫く経つなら候補は絞れる。

生意気でもあの子はまだ八歳の子供だ。明るいところか行き慣れてるところに向かうだろう。金を持っていないなら飲食店には入れない。

となると、駅か公園か。

「見つけたらすぐに連絡します。お母さんは家の中で手掛かりになるようなものを探してください。彼が行きそうな場所、連絡を取りそうな人物の」

「はい」

「行くぞ、青山」

「はい」

その場で俺は靴を履き、外へ出た。

時刻は十時近い。

何とか早く見つけないと、と思いながら。

最初に向かったのは駅前だった。

ずっと明かりが点いていて、人の行き来もある、子供が一人でいても怖くない場所なので。

駅員に声を掛け、こういう子供が来なかったか、もし来たら声掛けをして欲しいと頼んだ。

続いて向かったのは深夜営業をしているスーパー。

ここも同じ理由で子供が向かいそうな場所だが、ここにも風太の姿はなかった。

まだ開いてる店を片っ端から覗き、パチンコ屋も覗いた。

「名前を呼んだ方がいいでしょうか？」

「いや、母親から逃げたんだ、名前を呼ぶのは逆効果だろう」

スマホの地図を見ながら一つずついそうな場所を潰してゆく。

もし友人の家に行っていたら見つけるのは難しいが、こんな時間なら相手の親が連絡してくるだろう。母親を家に残してきてよかった。

「公園があるな」

「二つあります」

「案内しろ」

青山に先導させて最初に向かったのは、ベンチとブランコしかない小さな公園だった。

ざっと見ただけで全てが見渡せたが、そこに子供の影はなかった。

「次だ」

続いて向かったのはもっと大きな公園で、遊具も沢山置かれていた。

「青山、お前はそっちから回れ。名前を呼んでやるといい」

「でも……」

「母親が嫌でも、お前なら懐いてるから答えるかもしれない。俺はこっちから回る」

「はい」

右と左に別れて、遊具の影まで覗き込んで捜す。

風太、風太、ここに居てくれ。

頼むから無事でいてくれ。

滑り台にブランコ、ジャングルジム。

コンクリートで出来たいくつものトンネルのある築山。

子供はせまい場所に入りたがる。もしやと思ってトンネルを覗き込んだ時、何かが動いた気がした。

「風太？」

俺は自分の肩幅ほどの狭いその穴の中に飛び込んだ。

「来るなよ！」

やっぱり。動いたのは風太だ。

「青山！　こっちだ！」

声を上げて彼を呼ぶ。

風太はトンネルの反対側から飛び出したが、その先に青山が待っていた。

「青山！」

高揚した声。

風太が、青山を呼ぶ。

公園の中の街灯が、風太の顔を照らす。

その表情を見た時、瞬間俺の中に湧き上がったのは、明確に『怒り』だった。

「やっぱり青山が来てくれた」

両手を開げ子供らしく青山に駆け寄った風太が、彼に抱き着く。

「心配してくれたんだろ？　やっぱり青山は俺のことが好きなんだよね？」

「心配したに決まってるだろう」

青山はしゃがんで彼を抱き締めた。安堵からか、声が震えている。

「よかった。無事で。お母さんも心配してるぞ」

「心配なんかしてない。母さんは新しいオトコがいるんだから」

風太はふて腐れたように言い捨て、さらに笑顔で続けた。

「少しは心配したらいいんだ」

その言葉に、俺は青山から風太を奪った。

「本気で言ってるのか」

俺の強い語気に怯え、風太は身体を引いたが、すぐに勝ち誇った顔で睨み返してきた。

「本気に決まってるだろ。俺には青山がいればいいんだ。母さんなんかいらない」

大人げないと自覚するが、怒りが抑えられなくなり、抱え上げていたその尻を叩いた。

本当は横っ面張り倒したいところだが、子供にはできない。尻を叩くことだって抵抗はあるが、言葉だけでは済ませられなかった。

「痛っ！　何すんだよ、セクハラオヤジ！」

怒り。

身勝手に他人を痛めつけ、自分が不満を覚えたら仕返ししてもいいという考えに満足を得ようとする。それが正しいことだと思い始めている子供への『怒り』。

自分の目つきが厳しいものだとわかっていながら容赦ない視線を向けながら叱りつけた。

「いい加減にしろ！」

明らかな怒声に風太はビックリして硬直し、何度か大きく呼吸を繰り返した後、声を上げて泣き出した。

「眉村さん、そんなに怒らなくても……」

止めに入る青山を無視して再び声を上げる。

「泣くな！　男だろ」

「男とか女とか言っちゃいけないんだぞ！」

泣きながら反抗する風太を下ろし、がっちりと肩を摑んで向かい合った。

「男と女は違う。大人と子供も違う。区別と差別を一緒にするな。お前は母親を守りたいんじゃないのか？　傷つけて笑いたいのか？」

父親に暴力を受けた子供だと知っていても、これは怒らなければならないことだった。

この子は、本当に傷ついていなくなったのじゃない。心配をかけてやれと思って飛び出したのだ。

迎えに来た青山に笑顔で駆け寄ったのを見た時、それがわかって腹が立った。

他人に心配をかけて『いい気味』と思うような子供にしてはいけない。

だから真剣に話した。

わからない子供ではないと信じて。

「いいか、風太」

声のトーンを落とし、静かに言い聞かせる。

「お前の母親はお前の父親に傷つけられた弱い女性だろう。お前はそんな母親を更に傷つけて泣かせてるんだぞ。泣きながらお前を捜し回っていた。それなのにお前はまだ心配すればいいと言うのか？」

「知らない！　母さんは俺より新しいオトコのがいいんだ」

「そう言われたのか？」

「……言わないけど」

「お前を育てるために夜遅くまで働いてる母親をもう一人支えてくれる人ができてよかったと何故喜べない。母親が自分だけのものじゃなくなったからといってイジメて喜ぶようなヤツに青山は渡せない」

「何だよ……、青山はお前のもんじゃないのに」

「青山は俺の恋人だ」

　宣言する一言。

「眉村さん！」

　青山は慌てたが、訂正はしなかった。

「ウソだ！」

「嘘じゃない。俺の大切な人だ。傷つけたくないし、泣かせたくもない。いつも笑っていて欲しいと思ってる。そのために自分が何かを我慢しても。だがお前はどうだ？　心配かけて喜んで、相手がどんなに苦しんで悲しんでるかも考えない。そんな子供に青山が好きだとかヨメにするとか言う権利はない」

「だって……、青山は俺のこと好きだもん……」

「ああ、好きだろうな。青山も、母親もお前のことが大好きだ。だからお前は心配をかけちゃいけないんだ。青山、母親に見つけたと連絡しろ」

「あ、はい」

「ダメ！　やだ！」

「いいから早くしろ」

「はい」

青山が電話をするのを止めようと風太が暴れる。だが俺は逃がさなかった。

「いいか、お前が青山でも他の誰かでも、その人が好きだったら心配かけるんじゃなく相手を大切にすることを考えろ」

「うるさい、うるさい、うるさい！」

「そうやって喚いてるワガママな子供のままでいいのか？　俺より強い男になるんだろう？」

「……俺のが強いもん」

「強くない。他人を思いやれない人間は弱い」

「強いもん！」

「強いなら、弱い者を守れ。お前にはそれができるだろう」

「だって……」

「大切な人を守れないのなら、守れるヤツに奪われても仕方ない。ワガママな子供でいる間に、大切な人が本当にいなくなっていいのか？」

「……本当に」

風太は口を曲げ俺を睨み、ボロボロと泣き出した。

「やだぁ……！　お母さんいなくなっちゃいやだぁ……！」

小さな身体を強く抱き締めると、風太は俺を拳で殴った。

「青山を取っちゃやだ。みんないなくなっちゃやだ……！」

そのまま抱き上げると、俺が嫌いなクセに肩に顔を埋めてきて泣き続けた。

「風太、お前は頭のいい子だ。だから俺はお前に誰にも言わない本当のことを教えた。青山は俺のものだと。あいつが欲しかったらもっと強くなれ、もっと優しくなれ。今の気持ちをちゃんとお母さんに伝えて、相手の人とも会って話をしろ。逃げてるだけの男に俺の大切な人は渡せない」

「……眉村より俺のがいい男だもん」

「人に心配かけてる男が？」

「だって……」

「本当に心配してくれるかどうか、試したんだろう？　それは悪いことだ」

ゆっくりと風太を抱えたまま公園の外に向かって歩きだす。

「悪くないもん……」

「じゃあ、お母さんが同じことをしたらどうする？　お前が心配してくれるかどうかを確かめるために姿を消したら」

「そんなことしないよ……！」

「もしされたら、風太も悲しいだろう？　お前が青山、青山、と言ってる時、お母さんは今のお前と同じ気持ちだったかもしれないぞ。息子が隣の住人に取られちゃうって」

「……お母さんと青山は別だよ」

「じゃあ新しいお父さんとお前も別だ」

風太は黙ってまた俺を叩いた。

俺の言葉を理解したが、受け入れたくないということだろう。

「帰ったら、お母さんにごめんなさいって言うんだぞ。心配させて泣かせたんだから」

腕の中の小さな子供の背を撫(な)でる。

どんなに大人びていても、狡猾(こうかつ)そうに見えても、この子はまだ幼くて未熟な感情を持て余している。

欲しいものは何でも手に入ると思っていて、嫌なことからは逃げ出すが、傷つきやすくて、寂しがりやなのだ。

だから、俺も冷たくはできない。

まだ愛されることに飢えている齢の子供なのだから。

「お前が俺を嫌いでも、俺はお前が好きだよ。いなくなって心配した」

そう言うと、風太は俺の首にしがみつき、小さく「ごめんなさい……」と言った。

俺の耳だけに届くような、か細い声で。


アパートへ連れ帰ると、母親はすぐに部屋から出てきて泣きながら風太を受け取った。

「ごめんね、ごめんね。お母さん再婚なんてしないから、もういなくなったりしないで」

俺も青山もいるのに、気にせず泣き続けた。

「風太」

俺が名を呼ぶと、風太はピクッとしてから「ごめんなさい」と口にした。

「お母さんが取られるみたいでやだったの……。でもその人もお母さんを守ってくれるなら……、会ってもいい」

「風太……」

「まだ会うだけだよ！　いい人かどうかわかんないし、俺のこといらないって言う人なら俺もいらない」

息子の譲歩に、母親が彼の顔を見る。

「風太にも会いたいって言ってくれたわ。一緒に暮らそうって。きっと風太のことも好きになってくれると思うわ……」

「俺はまだわかんないよ？」

「うん、うん……」

母親はまだ涙を流していたが、その口元には微かに笑みが浮かんでいた。

ここから先は川口家の問題だ。俺達が首を突っ込むことではない。

「川口さん、私達はこれで失礼します。息子さんとよく話し合われるといいですよ」

「本当にありがとうございます。ご迷惑をおかけして……」

「いいえ。風太くんも寂しかっただけですよ」

「さみしくないよ！」

「そうか。それじゃ、ちゃんとお母さんの話を聞いてやれ。男の子なんだから強くないとな」

「だから、男だからって言うのいけないんだぞ」

「俺は自分が男であることに誇りを持ってるからいいんだ」

風太の頭を少し乱暴に撫で、川口さんに会釈すると、青山を促して部屋に入った。

続いて隣の部屋のドアが閉まる音が聞こえる。川口親子も部屋に入ったのだろう。

「やれやれだな。すぐに見つかってよかった」

「本当に」

靴を脱いで部屋に上がろうとする青山の腕を取って引き留める。

「眉村さん？」

俺も、靴は脱がなかった。

「今度はこっちだ」

「こっち？」

「すぐに出るぞ」

「出るってどこへ行くんですか？　もう随分遅いですよ？」

意味がわからないという顔で見られる。

「俺のマンションだ」

「どうして？」

「『寂しいと言うのは恥ずかしくない』と大見得切ったんだ。俺も寂しいと言わないとな」

隣の部屋からもう人が出て来ないのを確認し、俺は青山の手を取って外へ出た。

自分の大切な人を逃がしたくないという気持ちに正直になって。


電車ではなく、タクシーで向かった俺のマンション。

タクシーの中で、俺は自分のスマホからメールを打った。

相手は長岡だ。

それが終わると、何も言わずにシートに身を沈めた。

隣では、青山がまだ混乱している。でもここではまだ何も言わなかった。

タクシーが到着し、部屋の中に入ってもまだ何も言わず、リビングのソファに彼を座らせてからやっと口を開いた。

「俺はずっと、風太に嫉妬してた」

「え？」

「俺の誘いよりあの子を優先させてることが嫌だった。風太ふうに言うなら『寂しかった』」

「そんなの……、俺だってそうです」

「あいつは俺に懐いてなかっただろう。妬く理由がないぞ」

「さっき……、好きだって言ったじゃないですか。あんなに優しく。それに……、長岡さんのことも……」

言い淀んで彼が目を逸らす。

「長岡？　あいつがどうかしたのか？」

「会社の女の子達が、長岡さんが眉村さんのこと『俺の』って言ってたって聞いて……。お二人はずっと仲がいいから……」

カフェでのあいつの冗談のことか。

あんな些細なことで青山が妬いていたと知って、嬉しくなる。

「それはカモフラージュだ」

「カモフラージュ？」

「あいつに、お前のことを話した。恋人は青山で、近所の子供に取られそうだからどうしようと相談したんだ」

「取られるって……」

俺は青山に身体を寄せた。

「お前はずっと、自分なんかと言うが、俺はもうとっくにお前に惚れている。八歳の子供に嫉妬するほどに。相手が子供だから真剣に戦うわけにもいかず悶々としていた。長岡は友人だし、風太は可愛い子供だが、愛しているのはお前だけだ」

面白いほど瞬時に青山の顔が赤くなる。

「俺の旅行の誘いより、風太との約束を優先させたことに腹も立った。引っ越して来いと言ったのに手放しで喜んでくれなくてがっかりした。毎日のように風太の話を聞かされて、イライラしていた。大人げないのはわかっているが、それほどお前が好きなんだ」

「でも、俺なんて……」

「お前がいいんだ」

腕を彼の身体に回す。

「俺の言葉が信じられないか?」

「そんなことありません!」

「じゃあ信じてくれ。青山を愛してるという俺の言葉を」

もしかしたら、離婚したという彼の父親から何かを言われてそれが傷となって彼を臆病にさせているのかもしれない。

親の言葉というのは他の誰の言葉より深く刻み込まれるものだから。まるで呪いのように。

だとしたら、俺はその呪いを解いてやりたい。

「いつも真っすぐで、純情で、仕事もできるし気遣いもできる。可愛いし、裏がないし、俺に一途でいてくれる。青山にはいいところしかない」

「買いかぶり過ぎです」

「俺から見たらそれが青山翼(たすく)という男だ。他の誰にも渡したくない。あの子供にも。だから全部を俺にくれ。お前は俺のものだと安心させてくれ」

「俺は……、眉村さんのものです」

「だったら全部くれるな?」

「全部って……」

「最後まで抱かせてくれ」

青山は、ピクリと身体を震わせたが、顔を赤くはしなかった。

黒目がちの丸い目で、真っすぐに俺を見上げただけだった。

「できるんですか?」

「どういう意味だ?」

「だって……、今までしなかったじゃないですか。ずっとキスはしてくれたけれど、触れるだけでそれ以上はしなくて。やっぱりそういうところまではできないんだと思って……」

「もしかして、青山も望んでいたのか？」

「俺は……、もうずっとそういう意味で好きだって……」

何てことだ、俺は今まで無駄な我慢をしてたのか。

「我慢する理由がないのなら、俺の望みを叶えてくれ」

「明日会社が……」

「さっきタクシーの中から長岡にメールした。もし明日俺と青山が出社しなかったら、上手いことごまかしてくれ、と」

「『もし』ですか？」

「断られるかもしれないと思ったから」

「俺も眉村さんを愛しているのに？」

「抱かれることには抵抗があるかもしれないと思った。童貞だし」

「それは言わなくていいです」

いつものように、彼の顔が赤く染まる。

それが可愛くて、唇を求める。

「ベッドへ行こう。その返事を聞いたからにはもう我慢ができない」

初めて彼に告白され、その身体に触れてから、ずっと我慢してきた。

彼の全てを自分のものにすることを。

だからもう遠慮も気遣いもなかった。

ただ彼だけが欲しくて、やっと手が届くのだという喜びに浸るだけだった。


シャワーを浴びたいという青山の願いは却下した。

堰を切った欲望には待つという言葉はなかったので。

ベッドルームへ連れて行き、もどかしげにスーツを脱ぐ。

青山も、戸惑いながらこちらに背を向けてネクタイを解き、スーツを脱ぐ。

その間に必要なものを取り出し、ワイシャツを脱いで、ズボンに手を掛けている彼を背後から抱き締める。

驚いて振り向いた顔にキス。

向き直させて、抱き締めて、またキスをする。

ぎこちない彼のキスを呑み込むように激しいキスをし、ズボンを脱がしながらベッドへ押し倒す。

自分ももう全て脱ぎ去っていたので、肌と肌が触れ合う。

自分と違う体温というだけで、心が逸った。

この温度差をすぐに埋めることができるのだ。

平坦な胸に手を当て、ゆっくりと動かす。

股間のイチモツが彼の肌の感触だけで硬くなる。青山の同じ場所も硬くなっていて、そこが当たる。

「あ……」

胸の先を摘まむと、彼は小さな声を上げた。

「ここが弱いな」

前もそうではなかったか？

胸に触れたらすぐに艶っぽくなった。

一つ一つ味わいたいのに、一つ一つでなければ味わえないことがもどかしい。

自分が獣になれたら、全身に咬み付いていただろう。

彼の血管を食いちぎり、鮮血の温かさに包まれたい。

だが実際は彼を傷つけることなどできなかった。

咬みちぎる代わりに、キスを降らせ、舌で濡らす。

ぷくっと膨れた乳首を含み、舌で転がす。

「あ……、や……っ」

「以前言ってたお前が見た夢で、俺は何をした？」

返事がない。

「尊敬ではなく恋愛だと気づかせた夢だ。こういうことをしたんじゃないのか？」

困ったように彼が目を泳がせる。

俺が返事を待って無言のままでいると、観念したように答えを口にした。

「……しました」

蚊の鳴くような声で。

「それなら、今現実でこうしている俺が、お前に恋をしていると信じてくれるな？」

返事がない。

まだ返事を待って無言を貫いたが、今度はいつまで経っても返事はなかった。

まだ信じられないのだろうか？

俺は愛撫(あいぶ)を止めて彼を見た。

「何故、そうまで自分を卑下する？　俺にその訳を教えてくれ」

「知ったら、あなたは俺を嫌いになるかも……」

「ならない。俺は青山をずっと見てきた。その上で愛していると言ってるんだ」

「母親でさえ捨てた子供でも……？」

「母親は田舎で姉夫婦と暮らしてるんだろう？」

「ええ。俺を捨てて姉を取ったんです」

「どういう意味だ？」

彼は何かを諦めたかのように笑った。

「両親が離婚した話はしましたよね？」

「ああ」

「離婚後、俺と姉は母親に引き取られました。姉と俺とは齢が離れていて、姉はすぐにバイトや家事をして母親を助けていましたが、小さな俺には何もできませんでした。母と姉が働いてもうちは貧しく、何もできない俺はただのお荷物だったんです」

「自分の子供だろう」

「母親なら誰でも無条件で子供を愛するというのは幻想です」

妙にきっぱりとした口調が、彼の苦しみを表していた。

「暴力こそありませんでしたが、母は俺を嫌って、酷い言葉を投げかけるようになりました。役立たずとか、穀潰しとか、いなくなってくれればいいのにとか。辛くても、俺には助けてくれる人はいなかった」

「どうしてそんな酷いことを……」

「俺は暴力を振るった父にそっくりだったんです」

抗えなかった夫への鬱憤を、息子で晴らしていたということか。

「姉も、自分がこんなに働いてるのにぬくぬくとしている弟を受け入れられなかったようで、助けてはくれませんでした。世話はしてくれましたが。何とか交流が持てるようになったのはここ数年で、お義兄さんのお陰です」

いつも、感情を表に出す青山の顔が無表情になる。

虚ろ、と言った方がいいかもしれない。

「俺は、自分に自信なんかない。持てません。あなたが俺を好きと言ってくれたけれど、俺にとって『今』は夢のような時間です。夢は……、覚めるかもしれない」

風太の話をした時、自分も同じような境遇だったと言った彼に、もっと詳しく聞けばよかった。ただ遠慮がちなのだと思っていた彼の態度が怯えだったと気づけなかった。

自分だけが恋に浮かれて、青山からの告白の上に胡座をかいていた。

胸が痛む。

後悔ではなく、彼の悲しみが愛しくて。

「青山。俺はお前が好きだ。もう引き返せないほどお前にハマッてる。今、その言葉を信じられないならそれでもいい。だが俺はこれからお前が信じてくれるまでずっと言い続けてやる」

彼の髪を優しく撫で、キスをする。

「愛してるから、優しくしてやりたいと思っていた。自分が我慢しようと思っていた。だがそれではいけないんだとわかった。俺は、逃げるお前を捕まえて組み敷くべきだった。逃がしてやれないほど欲しいのだとわからせるべきだった」

「眉村さん……」

「俺はな、男など抱いたこともないしセックスの対象と思ったこともなかった」

「……わかってます」

「お前に惚れるまでは。お前を愛して、お前を求めるようになって、この俺が男同士のセックスについて調べたり、アダルトグッズをネットで購入したり、長岡にどうしたら子供に嫉妬するのを抑えられるのかと相談もした。風太に青山が欲しかったら奪ってみろと言ったことを後悔して、その前に青山の全てを手に入れたいと浅ましい考えでお前をここに連れてきた」

虚ろだった青山の目に、僅(わず)かな光が戻る。

「可哀想な子供だったお前を救うことはもうできない。過去にはもどれないから。だがこれからの青山を愛することはできる」

俺は彼の手を取り、自分の性器に触れさせた。

「お前も男だ、同情で勃つわけがないとわかるだろう?」

彼の細い指が触れるだけで、自分が反応する。

「青山を愛して、求めてるからこうなってる。お前は俺に抱かれたいと思っていたと聞いた。だったら俺はもうセーブはしない。途中で嫌がっても絶対最後までする。身体がついていかなくなっても、俺が開く。何度でも言うぞ、青山を愛してるから、俺はお前を求める」

それは、他人から見たら小さな傷なのかもしれない。

青山は、健康に育ち、大学まで行かせてもらってちゃんとした会社に就職もしている。義兄のお陰といいつつも困った時には呼び出されるくらいの交流もある。

それでも、俺の目には身体の真ん中から真っ二つに裂かれたままの傷が見えた。

熟れた石榴のように、真っ赤に染まった彼の傷口が。

自分が獣だったら、その喉笛に咬みつきたいと言ったのは訂正しよう。

俺はその傷口に身を沈め、癒してやるべきだった。

「あ……」

見えない傷を舐めるように、彼の肌に舌を這わす。

首から胸へ、身体の中心をずっと辿って彼の下腹部へ。

俺のモノに触れさせた手は離れたが、俺の舌が彼のモノに触れる。

慣れていない青山のモノは口に含むとすぐに勃起した。

制止は口にするが抵抗はしない。前と一緒だ。受け入れてるからそうだと思っていたが、抵抗したら終わってしまうと思っていたのかも。

嫌ならもういい、と言われるのが怖かっただけかも。

ならば、俺は絶対に言わない。嫌だと言われても、押し通す。彼の心が受け入れていることは確認済みだ。

「ん……。眉村さん……、もう……」

相変わらず早いな。

俺は彼から離れてコンドームを取った。

彼につけてやり、自分にもつける。

「なんで俺に……?」

「汚れるのを気にしないでお前が射精できるようにだ。いちいち拭ってやれないからな」

彼を俯せにし、背中にキスをする。

「バックからの方が、負担が少ないらしい」

「あ……、あの……」

もう一つコンドームのパッケージを破って中を取り出し指につける。

ローションを取って、彼の尻にかける。

「冷た……っ」

「ああ悪い。温めておけばよかったな」

とは言ったが、行為は続けた。

筋肉弛緩剤を使うと痛みはないそうだが、効力が切れると痛みが出る副作用があるらしい。肩凝りなんかで塗る薬剤にも筋肉を弛緩させる効果があるそうだ。考えてみれば緊張した筋肉を緩める薬なのだからそうだろう。けれどあれを傷口に塗った時にどれだけ酷い目にあうかを考えると使う気にはなれない。

調べた結果、ローションを使って、ゆっくりと指で解すしかないと判断した。

「膝を曲げろ」

「……本当にするんですか?」

「する」

「でも……」

「協力してくれなくても、する」

一旦彼を抱き起こし、正座させてから前に倒す。

ローションで濡れた尻を撫で、彼の孔に触れる。

ビクッと、飛びあがらんばかりに身を縮めたが、手は止めなかった。

正直、インサートが絶対だとは思っていない。できるならしたいとは思っているし、身体が繋がることで所有欲を満たせるとも思っていた。その時に、青山がどんなふうになるのかも知りたかった。

だがインサートされる側にとって辛いものだとはわかっている。だからもし青山が拒むなら、それでもいいと思っていた。

でも今日はする。

これが最初で最後になったとしても。

指が、ローションのぬめりを借りて中に入る。

「……う。それ……変……」

「嫌か？」

「い……、いいえ……」

「嫌だったら嫌と言ってもいいぞ。それでもする」

「眉村さん……」

「お前が何を言っても、俺の気持ちは変わらない」

横暴に聞こえるかもしれないが、半分は彼のためだ。断ったら終わるのではないかという恐怖を拭うためには、何をしても俺が青山を求めていることを態度でしめそうとした。

残りの半分は……、横暴かもしれない。俺が、耐えて震える彼の背中に欲情してきているのだから。

白い背中に浮かぶ、カーブを描いてくねる背骨。

時折ふっと浮かび上がる肩甲骨。

淫靡（いんび）なほどに色っぽい。

「ひ……」

我慢できなくて、背に口付けると、指を咥（くわ）えさせた場所がきゅっと窄（すぼ）んだ。

前立腺っていうのは、確か腹側にあるんだっけ？　もう少し奥まで指を入れ、柔らかな内壁を探る。

「ま……むら……。眉村さ……」

青山が、丸まった猫のように、拳を握って身を縮める。

「あ……っ！」

突然背を反らせて、彼が声を上げた。

「ここか？」

「や……っ、やだ……」

よくわからないな。

もっと手応えがあるものかと思ったのに。

「だめ……っ、やだ……っ」

青山は前に這いずり、初めて俺から逃げた。

指がするりと抜けてしまう。

「今日は、今日はやめましょう。次にはちゃんとしますから」

「だめだ」

俺は逃げた彼の上に体を重ね、再び指を入れた。

「あぁ……っ」

また彼の身体が丸くなる。

その方が楽なのだろうか？

「や……っ」

たっぷりとローションを零した場所から、指を動かす度に卑猥(ひわい)な音がする。

「あ……っ、あっ！　や……」

また逃げようとするから、腋(わき)の下から空いていた腕を通し羽交い締めするように捕らえた。

それでホールドができたからか、指を深く入れることができた。

指を動かしていると、女性を嬲っているような気分になり性欲が刺激される。

それ以上に、甘い彼の吐息を聞いていると、ゾクゾクしてきた。

明るく笑う、マメ柴みたいだと思ってた青山が、今俺の手で色めいて身悶えている。

「う……っ、ん……っっ」

今すぐ入れたい気持ちを抑えて、指を二本に増やす。やることはやるが、傷つけたいわけではない。十分に解してやらないと。

だが二本に増やすと、奥まで入らなくなった。

内側は締め付けてはくるが自由度が高い。キツイのは入り口だけのようだ。なので今度は奥を目指すのではなく、出したり入れたりすることにした。

「あ、あ、あ」

それもイイのか、声が途切れない。

「……だめぇ……」

拳を握っていた青山の手が動き、自らの股間へ向かった。

「は……、あ……っ、い……っ！」

我慢できなくて自慰を始め、そのままイッてしまった。

生き物のように、指を咥えた場所が痙攣する。

イッて、弛緩したらしく指が抜ける。

もう、いいか。

俺は目の前にあった彼の耳を軽く噛み、「挿入るぞ」と囁いた。

「や……、やだ……」

「うん」

「ごめんなさい……、怖い……」

「うん」

「手でするから……、口でもしますから……、今日は……」

「嫌か？」

彼はコクンと頷いた。

「そうか。だが挿入れる。お前が嫌だと言っても、俺の気持ちは変わらない」

「ど……して……。眉村さんはいつも優しくて……」

「優しくてどんな時でも譲ってくれる？　そんな俺がお前を求めることだけは譲れないんだ」

耳を甘噛みし、指を抜く。

「あ……」

丸まる彼の背後に回り、その腰を掴む。

「腰を上げろ」

「や……」

「ゆっくりやる」

「大きくて……入りません……」

俺のモノを直視したことがあるから、その怯えは理解できた。

上手くできるだろうか？

指を二本入れても痛いとは言わなかった。彼も今日あることを考えて自分で少し解していたのかもしれない。

でなければ俺が買ったローションがアタリだったか。

掴んだ腰を上げさせ、引き寄せる。

手を伸ばして、もう一度ローションを零してから自分のモノを当てる。

「や……っ」

カリまで入れば何とかなるだろう。

「力を抜け」

しっかりと腰を捕らえて身体を進める。

肉の抵抗を感じながら、何度も身体を揺らし、少しずつ中を目指す。

「あ……、あぁ……っ」

青山が、何かを求めるように手を伸ばし、シーツを摑んだ。

初めてでは後ろだけでは感じないそうなので、片方の手で前を握る。

一度出したものがコンドームの根元から零れてきているようだが、気にせず握って、刺激を与えた。

早く、自分の欲望を満足させたい。だが性急に動けば痛みを与える。苦しいところだが何とか我慢して、俺は彼を求めた。

先を吞み込ませてからはもう我慢できず動きを速める。

耳に届く青山の声は泣いているようにも聞こえた。

「青山……」

まだ入り切っていなかったが、俺は彼を背後から抱き締めた。

「嫌だといっても平気だったろう？　逃げても捕まえただろう？　俺はお前を愛してる。青山は俺の大切な恋人だ。たとえお前が自分を嫌っても、他の誰が嫌っても、俺はお前を愛してる」

逃げようともがいていた身体が止まる。

咥えられた場所が俺を締め付ける。
鼓動のように、呼吸するように、収斂を繰り返す。
もう抜けないだろうと判断し、俺は彼への愛撫を再開した。
胸を撫で、乳首を弄り、前を握り、背にキスをする。
その間も波のように彼に打ち寄せる。
呼吸が苦しい。
目眩がする。
息苦しさのせいなのか、青山に酔ってるからか。
脊髄で、衝動が疼く。
もう綺麗事は殴り捨てろ、欲しいものを掴み取れと叫ぶ。
彼の中に収めた自分が、痛いほど張り詰めている。
「嫌い……」
拒む言葉に胸が痛む。
酷いことをしてる自覚があったから、嫌われたかとうそ寒さに襲われる。
「……やだ……」
彼の手が、胸を愛撫していた俺の手を握る。

引きはがそうとしているのかと思ったが、そうではなかった。指が絡まるように、強く握り締めてくる。

「嫌いに……っちゃ……い……やだ……」

「青山」

「……眉村さ……、眉村さん……」

心臓を鷲掴みにされるというのはこういうことを言うのだろうか？

「またイク……っ」

堤防は、その瞬間に決壊した。

「あ……っ、イ……っ」

彼に左手を摑まれたまま、貪るように彼を穿つ。息を荒くし、何度も力強く柔らかな肉を開いてゆく。

「あ……ッ！」

彼が痙攣し、またイッたのがわかった。だがまだだった俺はそのまま続けた。不規則な収縮と弛緩が愛撫を受けているようだ。

「イッてるのに……ぃ…。また……」

そして、俺は青山でイッた。

「……うッ」

性別など関係なく、愛しい者の中で……。


中で出してから、もう一度、今度は優しく睦み合って彼を抱いた。

もうインサートはせず、互いに触れ合って、キスして、そのまま眠った。

二時間ばかり寝てから、目を開けると、青山は起きていた。

寝なかったのか、と訊くと痛みがあって寝られなかったと言われた。

そこでベッドから下り、風呂に湯を張り、彼を抱き上げてバスルームに運んだ。

湯船に彼を沈め、自分はシャワーでザッと身体を流すだけにし、彼に嘘をついていたことを告白した。

この家にもう一つのベッドルームはない、と。

前回酔った青山を泊めた時には、自分がソファで寝たのだと。

青山は恐縮したが、気を遣わせたくて言ったのではなく、今使ったベッドを整えるから少し一人にすることになるので白状しただけだと笑った。

新しいシーツを引っ張り出して取り替え、行為の残骸を片付ける。

布団は掛けていなかったので汚さなくてよかった。

バスルームへ戻り、再び彼をベッドに運ぶ。

着替えはあるが、俺達はそのまま裸で抱き合って布団に入った。彼の腰に障るだろうからそのままがいいと思って。

再度眠りに落ちるまで、他愛のない話をした。

本当はすぐにでも引っ越して来て欲しいが、暫くは風太の隣に住むことを許そう。あの子にはまだ甘える先が必要だろうから。

その間に、空いているここの部屋を片付けて、お前の居場所を作るといい。

青山は結構冷静で、引っ越して住所が変わると人事から同居が知られるんじゃないかと言い、それはまずいことにならないかと気にした。

今時はシェアハウスも流行りだし、ここのローンがまだ残ってるので、ローンの支払いが足りなくなったからお前に部屋を貸してると言えばいい。

何だったら、長岡を使って、みんなの前であいつの口から青山に部屋を貸してやれと言わせてもいい、と言った。

長岡の名前が出ると、彼は二人は仲がいいんですねと妬くような口ぶりだったので、詳しくは言えないがあいつは俺に借りがあるのだと教えた。

本当は先日チャラにしたのだが。

風太のことは嫌いじゃないという話もした。

青山が自分の子供の頃を重ねているのなら余計に。

だが、新しい父親ができるのならば、もう俺達はあまり近づかない方がいいだろう。あの子と新しい父親が近づく邪魔になる。

青山を渡すつもりは毛頭ないとも言った。

彼がどんなに立派な青年になっても、渡さないぞと。

青山はそんな俺の言葉を聞いて笑った。

風太が立派な青年になる頃には自分はオジサンですよ、と。

自分はまだ愛される自信はない。こんな自分のどこを好きになってくれたのかわからない。

けれど、これから愛されるように、自信がもてるように努力するとも。

少しとろんとした目付きで身を寄せてきた青山を、そっと抱き締める。

これから、二人の未来を話す時間はたっぷりとれる。だからもう休めと言うと、彼は微笑んで頷いた。

誰かを愛しいと思う気持ちが、こんなにも温かいものだと知らなかった。

腕の中の存在が、とても大切だと思えた。
あの時、青山が酔い潰れてくれてよかった。
彼の誤解がなければこの恋は始まらなかっただろう。
俺も目を閉じ、規則正しい彼の寝息を聞きながら眠りの中へ落ちていった。
とても……。
とても幸福な気持ちで……。

# あとがき

皆様、初めまして。もしくはお久し振りです。火崎勇です。

この度は『かわいい部下は渡しません』をお手に取っていただき、ありがとうございます。

イラストの兼守美行様、素敵なイラストありがとうございます。担当のT様、色々ありがとうございました。

さて、今回のお話、いかがでしたでしょうか。

ノンケだった眉村でしたが、青山の可愛さに負けてメロメロになったら小学生の風太というライバルが現れて大変、というお話です。

脇役の長岡もいい味出してますが、彼は完全に女性が対象です。

ここからはネタバレを含みますので、お嫌な方は後回しにしてくださいね。

取り敢えず、青山はあと一年今のアパートに住みます。取り壊しは二年先なのですが、眉村が二年も待てないので。

風太は行っちゃ嫌だと泣くでしょうね。

大人の都合でいつも自分は寂しい思いをする、と言う彼に眉村が、それなら自分が大人になった時に子供にそんな思いをさせなければいい、といいこと言う。ですが、風太はイマドキの子供なので、そんな先のことは知らない、と突っぱねるでしょうね。

負けは認めるけど青山のことが心配だからと、風太はその後も二人と親交を続ける。

で、高校生になったぐらいで眉村に恋愛の相談なんかするようになるかも。もちろん相手は同性で、同級生とか？　後輩とか？

あ、さっき長岡はノンケと言ったけど、相手が長岡でもいいなぁ。

渋いオジ様になった長岡からは風太に迫られて困ってると相談受けて、風太からはどうやったら長岡を落とせるかと相談を受け、板挟みの眉村。どっちが受なのかと悩みそう。

一方の眉村と青山ですが、こちらは順調でしょう。

でも青山は愛される自信のない子なので、眉村が女性に迫られてるのを見ると自分は身を引くべきなのでは？　とか考えちゃうかも。

もちろん、眉村がそんなことに気付いたら、荷物を纏めて同居を解消しようとする青山を閉じ込めて甘～く足腰立たないようにしてしまうでしょうが。

眉村は案外ケダモノです。一途なケダモノ……。なので二人の未来は安泰なのです。

さて、そろそろ時間となりました。またの会う日を楽しみに皆様御機嫌好う。

この本を読んでのご意見、ご感想を編集部までお寄せください。

《あて先》〒141-8202　東京都品川区上大崎3-1-1　徳間書店　キャラ編集部気付
「かわいい部下は渡しません」係

【読者アンケートフォーム】

ＱＲコードより作品の感想・アンケートをお送り頂けます。

Ｃｈａｒａ公式サイト http://www.chara-info.net/

■初出一覧
かわいい部下は渡しません……書き下ろし

2022年5月31日　初刷

著者　火崎 勇
発行者　松下俊也
発行所　株式会社徳間書店
〒141-8202　東京都品川区上大崎3-1-1
電話　049-293-5521（販売部）
　　　03-5403-4348（編集部）
振替　00140-0-44392

Chara
かわいい部下は渡しません……【キャラ文庫】

印刷・製本　図書印刷株式会社
カバー・口絵　近代美術株式会社
デザイン　Asanomi Graphic


ISBN978-4-19-901066-8